F.J. Vonbum

Beiträge zur deutschen Mythologie

F.J. Vonbum

Beiträge zur deutschen Mythologie

ISBN/EAN: 9783742889362

Hergestellt in Europa, USA, Kanada, Australien, Japan

Cover: Foto ©Andreas Hilbeck / pixelio.de

Manufactured and distributed by brebook publishing software (www.brebook.com)

F.J. Vonbum

Beiträge zur deutschen Mythologie

Beiträge

zur

deutschen mythologie.

Gesammelt in Churrhaetien

von

Dr. F. J. Vonbun.

Chur, 1862.
Druck und verlag von Leonh. Hitz.

Vorwort.

Die altrhaetischen lande Vorarlberg, Liechtenstein und Graubünden, die nicht nur durch ihre lage, sondern auch durch ihre geschichte in inniger beziehung stehen, sind in mythologischer hinsicht wohl noch zu wenig durchforscht; namentlich wurde in diesen berglandschaften die hauptquelle der mythologie, die volkssage und das volksmärchen, bisher zu wenig beachtet und benützt. Eine sammlung der Vorarlbergischen sagen wurde zwar vom herausgeber dieser beiträge im jahre 1858 (Innsbruck bei Wagner) veranstaltet, aber sie ist einer sorglichen nachlese höchst bedürftig. Das ganze fürstenthum Liechtenstein ist in der sagenlitteratur gar nicht vertreten, und Graubünden nur spärlich. Alfons v. Flugi's metrische sammlung Graubündi'scher sagen, dann einige vereinzelte märchen und sagen in Ulrich Campell's „zwei büchern rhaetischer geschichte", in Karl v. Tscharner's: „canton Graubünden", in Leonhardi's „bündnerischen monatsschrift", und im feuilleton der „wochenzeitung" von professor Plattner, sind ungefähr die sämmtlichen beiträge aus diesem herrlichen alpenlande zur sagenlitteratur, zu dem sonst allerwärts in Deutschland so sorgsam gepflegten zweige deutscher forschung und wissenschaft.

Wenn ich es daher unternahm, das, was ich auf meinen wanderungen durch diese reviere über sagen und märchen, glauben und aberglauben und sonstige meinungen des volkes sammelte, und was mir in dieser beziehung auf briefliche anfragen auf das freundlichste von dort mitgetheilt wurde, zusammen zu stellen und der öffentlichkeit zu übergeben, so geschah es vorzüglich, um andere forscher und sammler mit mehr musse und geschick, auf dieses terrain aufmerksam zu machen.

Den schlüssel zur erklärung des gesammelten materials suchte ich zumal in Jacob Grimm's meisterwerke: „Deutsche mythologie" (III. ausgabe), an deren texte ich mich öfters buchstäblich halte, und in Wilhelm Mannhardt's neuesten, bedeutsamen forschungen: „Die götterwelt der deutschen und nordischen völker" (Berlin, 1860. I. band). Mit letztern forschungen scheint der durchstich des dammes zwischen deutscher und nordischer mythologie gelungen, um beide in ein ganzes zusammen rinnen zu lassen; es wird daher auch in den nachfolgenden „beiträgen zur deutschen mythologie" öfters auf altnordische vorstellungen hingewiesen werden.

Inhalt.

I. Götter und halbgötter.

                                                                   seite.

1. Wuotan — Wuotan's heer 1
2. St. Nicolaus 16
3. Donar 18
4. Holda-Berchta 24
5. Nornen 33

II. Elbische wesen.

1. Schrättlig 39
2. Doggi 41
3. Fänken 44
4. Dialen 55
5. Bütz 68

III. Zauber.

1. Hexen 79
2. Hexenacten 87

IV. Thiere, bäume und kräuter.

1. Thiere 104
2. Bäume und sträucher 123
3. Kräuter und blumen 129

I. Götter und halbgötter.

1. Wuotan. — Wuotan's heer.

So ganz spurlos verschwunden und ohne allen nachhall verklungen sind bekanntlich die hehren göttergestalten und tiefsinnigen mythen unserer heidnischen vorfahren auch heutzutage noch nicht. „Theils haben zahlreiche schriftliche denkmale gleichsam einzelne knochen und gelenke der alten mythologie übrig gelassen, theils rührt uns noch ihr eigner athemzug an aus einer menge von sagen und gebräuchen, die lange zeiten hindurch vom vater dem sohn erzählt wurden."*) Ob auch in Churrhätien geschriebene denkmäler, die brauchbares material für mythologische forschungen liefern könnten, vorfindig sind, ist mir unbekannt, ich möchte aber solche vermuthen, zumal in der bibliothek des alten Benedictinerklosters Disentis. Dafür hat aber das volk in den thälern der Plessur, Landquart, Jll und an den geländen des jungen Rheins, wenn es auch längst die namen der alten götter und göttinnen vergessen,**) noch gar mancherlei sagen und märchen im gedächtnisse behalten, die entschiedene beziehung auf Wuotan und Wuotan's heer, Donar, Berchta (Holda), Frôs liebreizende schwester Frouwa, und auf die den schicksalsfaden spinnenden Nornen haben.

---
*) J. Grimm, deutsche mythologie, I. bd. s. XII, vorrede.
**) Die Romanen haben jedoch das wort *Wuotan*, die nhd. benennung der höchsten und obersten deutschen gottheit, in verkümmerter form noch erhalten. Grimm, I. s. 129 sagt: „In Graubünden, woraus die tiefhochdeutsche verbreitung des namens hervorgeht, hat die romanische sprache den ausdruck *Vut* Alamannen oder Burgunden der frühesten zeit abgelauscht, und, im sinn von abgott, götze, bis heute bewahrt."

Ebenso stosst der aufmerksame forscher in diesen schönen thalschaften auf bisher unbeachtete kinderlieder und spiele, aus denen sich mythische goldkörner gewinnen lassen.

Unter den sagen nenne ich zuerst den über einen grossen theil Churrhaetiens weit verbreiteten mythus vom Nachtvolke, der uns noch götter und göttinnen des heidenthums zeigt. Freilich erscheinen in demselben die heidnischen gottheiten nicht einmal unter altem namen, geschweige in der ursprünglichen grossartigen gestalt, wie sie zu heiliger jahreszeit einziehen und heil und segen spenden, oder zu unbestimmten zeiten zu den hauptgeschäften der helden, zu krieg oder jagd ausziehen. Statt des götterzuges erscheint nunmehr ein nächtliches volk, ein grausenhafter gespensterhaufen mit finstern teuflischen zuthaten, wie in andern gegenden das wütende heer.

Wie schon aus dem namen hervorgeht tritt das Nachtvolk immer zu hauf als volk auf und bei nacht nur ausnahmsweise bei tag. Es liebt wie das wütende heer und der wilde jäger bestimmte wege und stege, über welche es zieht. Gerne fährt es durch kreuzgassen, grat- und kreuztobel;*) so hörte gerade auf Raggal im vorarlbergischen Walserthale der alte Küng das Nachtvolk gar manche nacht neben seinem hause durch das grattobel „oher schellna". Aber auch einschichte, unbewohnte häuser und verlassene alphütten sind seine beliebten tummelplätze. — In der Zalöchera bei Bürs sind es vier einsame im quadrat stehende häuser, zwischen welchen es nächtlicher weile kreuz und quer hin und wieder fährt. — In Schruns steht ein haus, in dessen atrium vier thüren im kreuze angebracht sind, und dieses haus war vor alters viel vom Nachtvolke besucht, wie daselbst jedermann weiss. — Über Frastanz auf dem Klaeslefeld hatte dieses nächtliche volk seinen zug in dem daselbst einsam stehenden hause durch den hausgang; man musste desswegen bei nachtzeit immer die haus- und hinterthür offen lassen, um ihm den gewohnten weg nicht zu versperren. Riegelte man aus vergessenheit die

---

*) *Tobel* ist eine thalähnliche vertiefung am abhang eines berges, die meistens zugleich auch ein rinnsal bildet. Reicht ein tobel auf die spitze, den grat des berges, so wird es ein *grattobel*, kreuzt es sich mit einem andern, ein *kreuztobel* genannt.

thüren, so machten die späten fremden ankömmlinge einen solchen lärm und ein solches getöse, dass kein hausinsasse mehr schlafen konnte. (Vorarlb. sag. s. 37). Ebenso zog im Würzburgischen zu Neubrunn das wütende heer immer durch drei häuser, in welchen drei thüren gerade hintereinander waren, vornen die hausthür, mitten die küchenthür, hinten die hofthür. (Grimm, II. s. 886).

Das Nachtvolk fährt wie das Wütenheer mit schrecklichem tosen einher, oder aber mit herrlicher m u s i k, die so sirenenartig lockend ist, dass einmal ein weib unwillkürlich nachlaufen musste (Vorarlb. sag. s. 37). Und wie in andern gegenden erzählt wird, dass beim annähern des wütenden heeres das gras der matten und das laub der buchenwälder woge und sich neige, so fieng nach einer Vorarlberger sage (s. 34), als das Nachtvolk seinen reigen begann, ein tannenbaum plötzlich an seinen wipfel und seine äste zu schütteln und herrlich zu musizieren: ein ast bläst die flöte, ein anderer klarinet und ein zweigchen das kleine pfeiflein. — Wenn unser N a c h t - v o l k nichts anderes ist als das w ü t e n d e h e e r (Wuotan's heer) anderer gegenden (wie aus folgendem noch näher hervorgehen wird), letzteres aber häufig nichts anderes als die deutung des durch luft und wipfel der bäume heulenden sturmwindes, so ist diese sage vom musizierenden tannenbaum gewiss von tiefpoetischer schönheit. Das knarren sturmgepeitschter eichenstämme, oder das leise, geheimnissvolle rauschen windbewegten tannenreisigs ist fürwahr herrliche musik!

In Montavon war einmal ein bauer noch spät in einer mondhellen nacht auf den beinen. Der weg führte ihn zum Murnertobel, dort setzte er sich auf einer steinplatte eine weile zur rast, zog eine maultrommel aus der westentasche und fieng zum zeitvertreib gar zierlich zu trommeln an. Wie der bauer auf der steinplatte in die mondhelle nacht hinaustrommelte, kam auf einmal das Nachtvolk in langem schwarzem zuge durch das tobel herunter und einer aus dem haufen schritt auf den einsamen maultrommler zu und sagte zu ihm: „wenn du willst, so will ich dich noch zierlicher und lustiger trommeln lehren, so zwar, dass die t a n n p ä t s c h e n a n d e n t a n n e n r i n g s u m h e r z u t a n z e n a n f a n g e n."

„"„Ja freilich will ich"""', sagte der bauer. Aber bevor der unterricht begann, kam aus dem haufen ein **weibsbild** herbei, zog den schwarzen musiklehrer beim arme: „komm' mit dem bauer ist nichts anzufangen, der hat heute das weihwasser genommen."

Schlimmer wäre es bald einem andern Montavoner in der kreuzgasse zu Tschagguns ergangen. Der stellte sich dort auf, als eben das Nachtvolk mit herrlicher musik herunter fuhr und ersuchte einen aus dem schwarzen zuge, er möchte ihn die schwegelpfeife blasen lehren; der aus dem Nachtvolke aber erfasste dem bittsteller den daumen und drückte ihn mit solcher gewalt in die mündung der schwegelpfeife, dass das blut unter dem nagel hervorspritzte. Der Montavoner hatte auf das hin keine lust mehr, die schwegelpfeife zu blasen und warf sie weit von sich. Als er später zufällig wieder einmal eine schwegelpfeife in die hände bekam und zu blasen versuchte, siehe da konnte er sie so lieblich blasen, wie er seiner lebtag so was nicht gehört hatte.

Mehrfach kehrt die sage wieder, dass das Nachtvolk eine **kuh** schlachtet und verzehrt, die es dann aus der abgezogenen haut wieder erneut und ins leben zurückruft. So kam einmal in Vorarlberg (sag. s. 34) das Nachtvolk sonntags während der messe in das haus eines bauern zog die mastkuh aus dem stall und tödtete sie. Unter lautem jubel wurde sie gebraten und verzehrt. Die kinder des bauern durften mitessen, erhielten aber den befehl keinen knochen zu verbeissen. Beim abzuge las das Nachtvolk alle knöchlein zusammen und wickelte sie in die abgezogene haut der kuh; nur ein knöchlein fand sich nicht. Dies hatten die kinder verzettelt. Da sprach das Nachtvolk: „wir können nicht helfen, das thier muss halt krumm gehen!" Und so war es auch. Als die dorfleute aus der kirche kamen stand die kuh lebendig im stall, hinkte aber auf einem fuss.

Nach einer andern sage (seite 38) war ein Sateinser hirt eines abends spät noch auf seine alpe gekommen, um eine **schwarze kuh** die bei der abfahrt zurückgeblieben war, zu holen. Er blieb auf der britsche in der alphütte über nacht, nachdem er zuvor die kuh in den stall gestellt hatte. Um mitternacht zog in dieselbe alphütte das Nachtvolk ein und fieng unter einem teufelslerm in dem „deihjagmach"*) an zu kochen, sieden und braten.. Der hirt erwachte und schaute ganz verduzt eine weile zu. Plötzlich rief aber einer aus dem Nachtvolke: „komm' herab da von der britsche!" und er musste herab von seiner lagerstätte und mithalten; auf einmal merkte er aber, dass seine schwarze kuh im stall draussen ein ungeheures loch im leibe habe und dachte die kerle haben das fleisch meiner kuh aus dem leibe geschnitten und bis zum morgenroth fressen sie dieselbe ganz auf. Nach der mahlzeit fiengen die leute an zu musizieren und zu tanzen, dass die alphütte fast aus den fugen gieng. Bei des tages grauen fuhren die fremden alle ab; der hirt schaute ihnen noch nach und dabei sah er an der thüre der alphütte eine haut ausgespannt, die er fast als die seiner schwarzen kuh zu erkennen vermeinte. Als es vollends tag geworden war, so war die kuhhaut an der thüre verschwunden, und die schwarze kuh stand unversehrt im stall draussen.

Auf Mansaura hoch oben über dem dorfe Tschagguns in Montavon versorgte eine futtermagd eine habe vieh in einer maiensässhütte. In diese hütte zog nun einmal um mitternacht das Nachtvolk ein, und fieng an, wie es bei ihm immer brauch und sitte ist, zu sieden und braten, zu schmausen und zechen. Am frühen morgen fuhr es wieder ab und einer aus dem rudel rief: „es fehlt a bêle, schnätzen a hölzle!" Die magd fand nach dem abzuge dieser unheimlichen nächtlichen gäste in dem stübchen, dem schauplatze des gelages, weiter nichts als — rossdreck; als sie aber dann in den stall kam und schmeichelnd mit der hand über den rücken ihrer lieblingskuh fuhr mit den worten: „b'hüet di Gott unn b'seg'n di Gott," so stürzte die kuh plötzlich zusammen, wurde immer kleiner und kleiner, weil sonderbarer weise ihr fleisch und ihre eingeweide in raschem verzehrungsprocesse verschwanden. Zuletzt lag nur noch die leere haut am boden, wie man sie zum gärber trägt, darin waren die knochen eingewickelt und bei denselben lag ein „g'schnätzets hölzle". —

---

*) d. i. stübchen in der alphütte; *deihja* ist vielleicht abzuleiten aus dem roman. *tegia* oder *tetschia*, alphütte, von *tetg* oder *tetsch*, *tectum*, dach. Gmach = gemach, zimmer.

Es war auch in Montavon als einmal ein futterknecht im stall auf dem heustock übernachtete. Gegen mitternacht kam das Nachtvolk und krabelte den heustock hinan. Der knecht merkte es und verkroch sich wohlweislich im heu. Nun fachte das Nachtvolk feuer an auf dem heustocke und begann zu sieden und braten, dass dem knecht in seinem verstecke himmelangst wurde, es möchte alles in flammen aufgehen. Als die mahlzeit bereitet stand, so rief einer aus dem volke: „höre knecht da im heu drinnen, komm' und halte mit!" und der knecht kroch hervor und hielt mit; es mundete ihm aber nicht aus lauter furcht und angst vor den fremden leuten, und er verzehrte „a gotzigs" stück fleisch. Nach dem mahle ergötzte sich das Nachtvolk noch recht weidlich mit spiel und tanz und machte einen lerm wie der „angstlig teifel", fuhr aber bei des morgens erstem dämmern fürsichtig wieder ab. Als dann der knecht in den stall kam, merkte er, dass ein schwarzbraunes rind ein ziemlich grosses loch in der hüfte habe, und als er das loch näher untersuchte, so kam's ihm gerade vor, als hätte man das stück fleisch herausgeschnitten, das er bei der nächtlichen schmauserei mit dem Nachtvolke zu leib genommen hatte. — Auch in Graubünden bezieht nach dem zeugnisse des schulmeisters von Ienins das Nachtvolk am herbst nach der alpentladung die sennhütten und macht sich den ganzen winter über ein geschäft daraus, die im sommer verschüttete milch zu buttern und zu käsen. Da geschah es denn auch einmal, dass ein mann in einer solchen sennhütte mit seiner kuh übernachtete. Um mitternacht wurde er durch einen grossen lerm aus seinem schlafe aufgestört, und da war es das Nachtvolk, das den lerm gemacht hatte, und das eben tüchtig zechte und schmauste und all das zur schmauserei nöthige fleisch aus dem leibe seiner kuh herausschnitt. Das Nachtvolk lud den Graubündner ein mitzuhalten, und der dachte sich, wenn es so „für und nach geht", so will ich dazuthun, gieng hin, schnitt aus seiner kuh ein stück fleisch und steckte es wie die andern zecher an einen holzspiess, um es an demselben über dem feuer zu braten. Nachdem das nächtige gesindel bei tagesanbruch sich entfernt hatte, fand der Graubündner seine kuh ganz unversehrt, mit ausnahme des stückes fleisch, das er selbst ausgeschnitten hatte.

Auch in diesen fünf sagen vom Nachtvolk wird (wie nicht weniger häufig in dem mythus vom Wütenheere) eine naturerscheinung erklärt und versinnbildlicht. Es wurde nach altnordischer anschauung die wolke als kuh gedacht, und so ist auch in unsern sagen die schwarze kuh die regenwolke, von der die windgeister zehren, indem sie den regen derselben auf die erde ergiessen. — Nur ein kleines wölkchen, die haut, bleibt übrig, und aus dieser ersteht und wächst die kuh zu neuem leben. (Mannhardt, I, 117). — Die heidnischen Germanen waren umrauscht von dem nordischen naturleben. Sie stunden da auf der altersstufe des kindes; für eine junge natur aber ist die phantasie der born, aus dem die kräfte und erscheinungen der unpersönlichen natur als personen und thaten wieder auftauchen, weil das innere des menschen nichts zurückstrahlt, ohne es mit seinem leben, sinnen und empfinden getränkt und so umgestaltet zu haben.

Dem wütenden heere gehört wie Wuotan auch frau Holda (oder die in unsern gegenden öfters an ihre stelle getretene frau Berchta) an. Begleitet wird sie bei ihrem umzuge mit dem Wütenheere von Eckhart, dem getreuen portier am eingange des Venusberges. Beide uralten mythologischen gestalten treten auch im Nachtvolke auf. Vielleicht ist schon unter dem weibsbilde (siehe oben s. 4) das aus dem geisterhaufen heraus tritt, frau Holda gemeint. — Im Mustergieler-tobel in Montavon sah einmal ein mann das Nachtvolk vorbeiziehen und der letzte des zuges hatte eine kochkelle im after stecken. — Aehnliches sah einmal ein mann in der kreuzgasse zu Tschagguns. Dieser wollte vom Nachtvolke, von dessen musikalischer kunstfertigkeit er schon wunder gehört hatte, die flöte blasen lernen. Er postirte sich daher einmal hart an der kreuzgasse, als eben das Nachtvolk vorbeizog, und stellte sein ansuchen. Da ward ihm die antwort: er soll sich bei der nächsten fahrt des Nachtvolkes wieder an der kreuzgasse aufstellen, dabei aber ja nicht lachen oder reden, überhaupt keinen laut von sich geben, was immer auch er zu sehen bekäme; bestehe er diese probe, so werde er fürderhin die flöte meisterlich blasen können. Der mann versprach zu thun, wie ihm gesagt wurde, und stellte sich auch wirklich bei der nächsten fahrt des Nachtvolkes an der kreuzgasse auf. Der zug nahte — scheussliche und abschreckende gestalten! Der eine hatte gar keinen kopf,*) der andere trug ihn unter dem arme, wieder andere, welche die köpfe normalmässig zwischen den schultern stehen hatten, machten einen lerm, dass es einem durch mark und bein gieng, und zu allem dem sah der zuschauer über sich einen grossmächtigen mühlstein an einem faden hängen; er blieb aber standhaft, muckste sich nicht und stand da wie eine laut und sprachlose bildsäule. Der zug rauschte allmählig vorüber und zuletzt lief noch einer nach, der hatte eine **kochkelle im after stecken**, und brummte zu sich selber: „sie stecket i der rahma!" Bei diesem anblicke musste aber der mann unwillkürlich lachen, bestand also die probe nicht, und mit dem flötenblasen war es aus. — Diese letzte, etwas possierliche figur, dürfte wahrscheinlich frau Holda sein, wenigstens weist die **kochkelle**, ein gewiss weibliches attribut, auf die göttin und beschützerin des hauswesens hin; auch erinnert dieser nachlaufende der bande an die geschwänzte waldfrau **Huldra** der dänischen und norwegischen volkssage. — In der gemeinde Trisnerberg, in Liechtenstein, fährt das Nachtvolk auch zu zeiten in einem tobel auf und ab, und diesen nächtlichen zügen lauft eine **wisse frau** nach. (Vorarlbg. s. 39). Hier wird also die schon im namen weisse frau Berahta deutlich genannt.**) — Nach einer andern sage aus Sateins (Vorarlbg. sag. s. 38) waren es einmal Sepple's leute, die an **fronfasten** eine wäsche anstellten. Da fuhr gerade auch das Nachtvolk durch die „Hollagasse" herab und rief den wäscherinnen zu: „wüssten wir nicht, dass ihr **wermut** und

---

*) Im Mansfelder lande fuhr das wütende heer alle jahr auf fastnacht vorüber; darunter liefen einige *kopflos oder trugen ihre schenkel auf den achseln*. Grimm, II. s. 887.

**) Räthselhafter und dunkler ist mir die figur, die in folgender sage vom *Nachtvolke* nachläuft. Da lag einmal einer in Balzers schon im bett, als er draussen vor dem hause das *Nachtvolk* vorbei ziehen hörte. Er sprang eilends auf und zum fenster, das geisterheer zu schauen; vorerst hatte er noch in die hosen schliefen wollen, war aber so in der hast, dass er nur in das eine hosenbein kam. Er schaute nun vom fenster aus dem *Nacktvolke* zu, und da war's ein langer, langer schwarzer zug, der unter schrecklichem tosen und lermen vorüberfuhr, und hintendrein gieng einer, der auch nur in einem hosenbein stack.

raute im hause habet, so würdet ihr nicht ungestraft an fronfasten waschen. Das ist wieder der ruf der Holda oder Berchta, die beide heiligung ihrer feiertage fordern und an dem frevler grausame strafe vollziehen. — Der mythus vom Nachtvolke erzählt weiter, es habe einmal dasselbe einem fürwitzigen lauscher ein messer in das knie gesteckt, das er ein ganzes jahr tragen musste. (Vorarlbg. sag. s. 36). Ein anderes mal schlug es einem manne eine axt (oder ein beil) in die schulter, die er so lange mit grosser unbequemlichkeit tragen musste, bis er sich wieder an der kreuzgasse, durch die das Nachtvolk zog, aufstellte. Das nächtliche volk fuhr vorüber, und einer aus demselben sagte: „ich habe da das letzte mal mein beil in einen stock geschlagen, das muss ich wieder mitnehmen", und der mann hatte die axt nicht mehr in der schulter (Vorarlbg. sag. s. 38). Ein Bündner übernachtete einst in einer alphütte und schaute fast die ganze nacht dem treiben des daselbst versammelten Nachtvolkes zu. Als das volk die hütte gegen morgen verliess, steckte ihm einer der gesellschaft ein messer in das bein, das er dann auch lange wiewohl ohne schmerzen an sich herumtragen musste. Endlich wurde ihm gerathen, er solle wieder hinauf in die gleiche hütte, aber sich ein gebetbuch auf die brust binden und eine weisse ungehörnte ziege mitnehmen. Es geschah ihm denn auch wirklich nichts und zog ihm einer das messer wieder aus dem bein. Noch ein anderes mal verlor einer, der dem Nachtvolke bei seinem tanze zuschaute, das licht an einem auge. Ein jahr darauf schaute er um dieselbe stunde und an derselben stelle dem tanzenden Nachtvolke wieder zu und wurde dadurch sehend (Vorarlbg. sag. s. 35 u. 36). Das alles erfährt man auch in den sagen von Berchta. An der Orla hieb sie mit ihrem beil einem burschen in die schulter; ein anderes mal blies sie ein leichtfertiges mädchen an, dass es auf der stelle erblindete. Erst ein jahr darauf, als sie das blinde mädchen wieder traf, sprach sie gütig: „voriges jahr blies ich hier ein paar lichtlein aus, so will ich heuer sie wieder anblasen", und bei diesen worten blies sie der magd in die augen, welche alsbald wieder sehend wurden. (Grimm, I, s. 254). — Statt Wuotan treten also in dem grauenhaften gespensterheere auch Holda und Berchta auf, und wenn Holda und Berchta nur gut gewählte epitheta der milden gütigen Frikka sind, so wäre es also im verhinderungsfalle des herrn gemahls die frau, die als heeranführerin auftritt. (Grimm, II. 899). Frikka's ältester name ist Freya und sie führt als grosse erhabene göttin auf einem mit z w e i k a t z e n bespannten wagen. Diesem gespanne Freya's begegnet man wieder in dem mythus vom Nachtvolke. Als einmal dasselbe sich bei einer schmauserei und bei spiel und tanz gar gütlich that, waren es k a t z e n, die den wein herbeischleppten (Vorarlbg. sag. s. 35).

Es erübrigt nun noch den kämmerling Holda's, den alten E c k h a r t, in den zügen des Nachtvolkes festzustellen. Dem nächtlichen geisterheere im Mustergieler-tobel (siehe oben s. 7) gieng e i n g r o s s e r s c h w a r z e r m a n n m i t e i n e r p f e i f e u n d e i n e m t a k t i r s t o c k v o r a u s, eilte auf den zuschauer zu und sagte zu ihm: „höre guter freund, stehe etwas auf die rechte seite und lüfte ein wenig das strumpfband unter dem rechten knie, denn es kommen noch mehrere leute nach!" Einsmal rief es aus dem Nachtvolke dem zuschauer entgegen: „götti gang witer uffi!" ein anderes mal: „nôtnagel oba weg oder met".*) Diese warnende stimme,

---

*) Dieses wort *nôtnagel* kehrt in folgender sage vom Nacktvolke wieder: einmal wachte eine magd um mitternacht aus dem schlafe auf und sah im benachbarten rathshause drüben hellen fensterschein. Dort ist schon licht, dachte sie, es muss morgen sein und ich habe mich verschlafen. Sie stand eilends auf, wollte licht machen, konnte aber unmöglich stahl und feuerstein finden Sie lief nun in das rathshaus hinüber, um feuer zu holen. Im rathshause war aber das *Nachtvolk* versammelt und freute sich des bechers und des mahles. Man kann sich das entsetzen der magd denken, als sie in den saal eingetreten die gespenstigen gäste sah. Kaum hatte sie das herz ihr begehren um licht zu stellen. Da rief einer aus dem volke: „wüssten wir nicht, dass du *nôtnagel* wärest, wir würden dich zermalmen so klein, als das gestrüpp unter der sonne." — Diese begebenheit fiel vor im rathshause zu Feldkirch. Darf man das bescheidene bürgerliche rathshaus als hochgewölbten goldstrahlenden saal, als Walahalla und das gespenstige *Nachtvolk* als hohe götterversammlung deuten!? — Der sterbliche naht sich vermessen, um das feuer vom himmel zu holen (Prometheus). — Es sind das kühne vergleiche; aber es ist nun einmal lockend, weil in den meisten fällen lohnend, in fast jeglicher sage einen heidnischen überrest zu suchen; dabei läuft dann freilich manchmal die anecdote gefahr zur mythe zu werden, und der

die aus dem Nachtvolke ruft, ist deutlich die des getreuen Eckhart, der besonders in der thüringischen und mandsfeldischen sage vom wütenden heere eine rolle spielt. Er tritt daselbst vor dem geisterhaufen einher als ein alter mann mit weissem stabe (vgl. den taktirstock unserer sage) heisst die leute aus dem wege weichen, einige auch heimgehen, damit sie nicht schaden nähmen. (Grimm, II. 887).

An der nördlichen gränze Niederrhaetiens an den klausen bei Götzis und den gebrochenen burgen Neumontfort und Neuburg am rechten Rheinufer und über die gränze hinaus *) auf und seewärts um Dornbirn und Bregenz **) nennt man das Wütenheer Wuetas.***) Es fährt mit schrecklichem lerm durch die lüfte. Lermenden kindern ruft die erboßte

gemeine rothe hahn muss gewärtig sein, zu göttlichen ehren zu kommen.

*) Nach andern erstreckte sich Rhaetia prima bis zum Bodensee, lacum Rhaeti exiguâ ex parte, plurima Helvetii ac Vindelici attingunt etc. Strab. lib. VII. cap. i, woraus Cluverius in Vindelicia et Noricum. Lugd. Batav. 1616. pag. 12 folgert: „Terminus hac parte Vindelicos Rhaetosque interfuit *amnis Bregenz*" — somit die Bregenzer-Ach, südlich von der stadt Bregenz.

**) Das uralte vorrömische Bregenz war noch im jahre 612 ein berühmter sitz der abgötterei. Die heiligen Columban und Gallus fanden um diese zeit in einem zu ehren der heiligen Aurelia eingerichteten bethaus noch *drei heidnische bildsäulen* an der wand stehen, denen das volk fortfuhr zu opfern. Eine sonderbare vermengung heidnischen und christlichen cultus! Unter diesen drei heidengöttern sind nach Jac. Grimm's vermuthung weniger römische, als vielmehr deutsche (alamannische) zu verstehen, und sicherlich war unter jenen idolis vanis *Wuotan's* bildsäule. (J. Grimm, s. 97 u. ff.)

***) Im Bregenzerwalde sagt man *Muotas*. Aargauisch heisst Wuotan's zahlloses heer *Muetis heer*. (S. alemann. kinderlied und kinderspiel von E. L. Rochholz, pag. 244). In einigen thalschaften Graubündens kann man den ausdruck *Wuodisch* hören und man glaubt daselbst dieses „Wuodisch" sei das wilde heer. Ein ehemaliger nachtwächter von Jenins erzählte, er sei einmal im winter nachts um zwölf uhr zuäusserst im dorfe gestanden und habe das „Wuodisch" gesehen und gehört; er habe nämlich auf einmal ein ganz sonderbares geräusch vernommen, so dass er ganz verwundert seinen nachtwächterkopf nach allen vier weltgegenden drehte, und da gewahrte er, wie eine menge dunkler gestalten, gleich einem bienenschwarme, über ihm weg durch die lüfte unter das dorf hinabflog, dort auf einer matte sich niederliess und lange zeit noch einen verdammten teufelslerm machte, und dieser zug sei sicherlich das „Wuodisch" gewesen.

mutter zu: „lermt doch nicht wie 's Wuetas!" Man unterscheidet daselbst das **gross und klen Wuetas**; ersteres fährt mit voller musik, letzteres nur mit einzelnen instrumenten durch die lüfte.

Das **Nachtvolk** als nächtliches gespenstisches geisterheer, hat für den menschen etwas abschreckendes und grauenhaftes, schutzmittel gegen dasselbe müssen daher willkommen sein. **Weihbrunn** lähmt die zauberische gewalt des Nachtvolkes (siehe oben s. 4). Fährt das Nachtvolk einher, so stelle man **rechts** aus; befiehlt ja Eckhart selbst dem zuschauer im Mustergieler-tobel **auf die rechte seite zu stehen und das rechte strumpfband zu lüften** (Vorarlbg. sag. s. 39). **Links** auszustellen ist nicht gerathen; das erfuhr genugsam ein Liechtensteiner. Als nemlich einmal das Nachtvolk über Pralawisch bei Balzers herunterkam, so stellte der Liechtensteiner **links** aus und da musste er trotz alles sträubens dem zuge bis auf den Balzner friedhof folgen; auf dem kirchhofe aber verschwand das **Nachtvolk** urplötzlich wieder und der Liechtensteiner konnte seine wege gehen. — Weil das Nachtvolk ein schuh hoch über dem erdboden einherbraust, so ist es angezeigt, mit ausgespreitzten armen sich auf die erde zu legen, es fährt dann dasselbe unschädlich über den darniederliegenden hinweg. An der suevischen grenze Niederrhaetiens sagt man, dass ein **haselstöckchen** mit einem zweige vom **hollunderbaume** in ein **kreuz** geformt und gefestigt, vor dem einflusse des **Wuetas** schütze. Sepple's leute in Sateins schützte **wermut** und **raute** vor der rache der zürnenden Berchta, die mit dem Nachtvolke durch „Hollagasse" herunterfuhr (siehe oben s. 9).

Verwandt mit dem **Nachtvolke** und in mehr als einer beziehung zu Wuotan und seinem heere stehend ist das **Todtenvolk**, oder die **Nachtschaar**, von dem noch in mehreren thalschaften Churraetiens, namentlich aber Graubündens, erzählt wird. Es soll einem nachts um zwölf uhr, wie man täglich auf Davos und im Schanfikerthale hören kann, ein grosser schwarzer leichenzug begegnen, voran die träger mit dem sarge; der zug beginnt bei dem hause der person, die bald sterben wird, und führt bis auf den friedhof, und dieses nächtliche leichengefolge ist das **Todtenvolk** oder die **Nachtschaar**. Öfters begegnet man der Nachtschaar jedoch auch abseits von häusern, auf freier weite und am ende des zuges sieht man abgesondert und ganz allein in **zweifarbigem kleide** eine noch lebende person einhergehen, die zuerst im nächsten orte sterben muss, wenn sich nicht derjenige, der dem Todtenvolke oder der Nachtschaar begegnet, an ihrer sich hergeben will. In Montavon sah einmal ein mann das Todtenvolk in der heiligen weihnacht um den hauptaltar zum opfer gehen. Dieser mann war das alte Büschele in Tschagguns. Derselbe war messner und sah einmal, wie gesagt, in der hl. weihnacht unter dem „froedlüta" in der Tschaggunser wallfahrtskirche einen langen zug bekannter dorfangehöriger zum opfer gehen. Den letzten im zuge kannte er nicht, nur bemerkte er, dass dieser letzte einen **weissen** und einen **blauen** strumpf anhabe. Als dann der alte messner Büschele nach dem mitternächtigen gottesdienste nach hause kam und sich entkleidete, so gewahrte er zu seinem entsetzen, dass er auch einen **weissen** und einen **blauen** strumpf anhabe,*) und Büschele war es auch, der am folgenden jahre der erste zu grabe gieng.

Einst wütete die pest im Praetigäu und die familie v. O.. flüchtete sich in ein entlegenes berggut, einen knecht zurücklassend. Diesen liess die flüchtige familie von zeit zu zeit fragen, ob sie nicht bald wieder heimkehren könnte, er aber warnte selbst dann noch davor, als längere zeit kein pestfall mehr vorgekommen war. Endlich, nachdem ein altes weib noch daran verstorben war, liess er die herrschaft heimkehren, und erzählte dann, er habe kurz vor dem ausbruch der pest eines morgens früh beim füttern der pferde ein sonderbares gemurmel, wie **bienengesumse**, vom dorfe her gehört, er sei unter die thüre getreten um zu schauen, was es gebe, und habe dann das Todtenvolk, einen langen zug noch lebender leute, gesehen dem kirchhof zuwallen und zwar ganz in der reihenfolge, wie sie später an der pest verstorben seien; zuletzt sei dann noch eine ziemliche strecke hinter den andern jenes alte weib nachgehumpelt, welches

---

*) Vgl. oben die anmerkung. s. 8.

die seuche zuletzt hinraffte. Desswegen nun habe er bis zu deren bestattung die herrschaft vor der rückkehr gewarnt. Ein Davoser versicherte, einst im mondscheine einen leichenzug dem kirchhof zuwallen gesehen zu haben, in welchem er als ersten leidtragen den mann einer bald darauf verstorbenen kindbetterin erkannte. — Ein anderer Davoser wollte zu einem mädchen in den heimgarten gehen. Ein geräusch scheuchte ihn aber vor der hausthüre in einen schopf, und da sah er eine menge dunkler gestalten sich vor dem hause versammeln und alsdann mit einem sarge sich wieder entfernen, jedoch nicht auf dem gewöhnlichen kirchwege, sondern auf einem umweg. Bald darauf starb die mutter seiner liebsten und war ihr leichenzug genöthiget wegen des austretens eines baches den kirchweg zu verlassen und den ungewöhnlichen von der Nachtschaar eingeschlagenen weg nach dem kirchhof zu nehmen. — Das Todtenvolk zieht entweder still und ernst, oder aber mit sonderbarem geräusche, das ganz dem gesumse der bienen ähnelt, oder gar mit musik vorüber, wie das Nachtvolk Vorarlberg's. So sah gerade einer über die matten zwischen Chur und Haldenstein das Todtenvolk herunter ziehen; an der spitze war ein schwaches lichtlein sichtbar, auch liessen sich leise, feine töne eines instrumentes, wie einer kindergeige vernehmen. — Von der Klosterseralp Novai geht die sage, wenn jemand dort im herbst, nachdem das vieh von der alp heimwärts gezogen, in gewissen nächten übernachte, so sehe er einen mann aus dem käskeller herauskommen mit sennenlederkappe und aufgestülpten hemdärmeln. Der mann zünde sofort feuer auf dem herde an und schaue „grausam laid" drein, bis es zwölf uhr schlage, dann beginne es sich draussen vor der hütte zu regen und zu versammeln; das sei das Todtenvolk; das singe dem sennen darauf ein lied nach, das wie ein psalm töne und ziehe langsam und singend thalab in eines der dörfer, einen neuen (todgeweihten) zu holen vor tagesanbruch, wo alles wieder zerstiebe. — Wie es bei den zügen des Nachtvolkes sehr wichtig ist, gehörig auszustellen, um keinen schaden zu nehmen, so auch beim Todtenvolke. Eine alte botenfrau in Jenins versicherte eindringlich: „dem Todtenvolk, den gespenstern und den knaben (ledigen burschen) muss man ausstellen und keine acht geben, wenn man nicht von ihnen geplagt sein will." Nicht minder ernstlich ermahnt zu richtigem ausstellen eine sage auf Davos und im Schanfikerthale, welche meldet, dass der letzte in der Nachtschaar ein beil mit sich führe, das er jedem, der nicht auf die rechte, sondern linke seite ausweiche, in das knie schlage. Damit der getroffene des beils wieder los werde, sei es nothwendig, auf den nächsten zug der Nachtschaar zu warten, und richtig auszustellen. Auch glaubt man daselbst, dass stumme und blödsinnige sich nicht selten diesen nächtlichen unheimlichen processionen anschliessen. — Um Jenins wagt kein weibsbild, wenn es nachts an die hausthür klopft, zu fragen, „wer klopft"? immer wird gefragt: „klopft es"? Die erstere frage könnte die verbindlichkeit, dem Todtenvolke folgen zu müssen, nach sich ziehen.

Diese zum theil von einander abweichenden und unvollständigen sagen vom Todtenvolke, oder der Nachtschaar, lassen mach meiner ansicht eine zweifache deutung zu. Wenn hoch oben von Novai, wo ein gespenstiger senne waltet, ein ganzes geisterheer thalab zieht, um in einem der dörfer unten einen todgeweihten in empfang zu nehmen, so gemahnt mich diess lebendig an die Walküren, jene göttlichen botinnen allvaters, welche den wal (die erschlagenen auf dem schlachtfelde) küren, kiesen, holen und in die göttliche wohnung Wuotan's tragen.*) Der zweifarbige letzte im zuge, ganz besonders aber der mit dem weissen und blauen strumpfe, erinnert an eine halb weisse, halb dunkle schicksalsgöttin, etwa an Skuld, die sich in der gesellschaft der Walküren so behaglich fühlte. — Der zug der Davoser sage, dass der letzte in der Nachtschaar ein beil mit sich führe und dem unvorsichtigen zuschauer in das knie schlage, führt hingegen auf das Nachtvolk und Berchta (s. oben, seite 9). Und wie man in ältester zeit gewohnt war, den zügen und fahrten der Berchta und der erhabensten gottheiten überhaupt, elbische und böse wesen aller gattung

---

*) Die deutsche götterlehre von J. W. Wolf, s. 48.

zuzugesellen (Grimm, II, s. 1008), so lässt man in später zeit stumme und blöde der Nachtschaar folgen.

2. St. Nicolaus.

Freundlicher und mildthätiger als in den zügen des Nachtvolkes oder Wütenheeres zeigt sich Wuotan den sterblichen nach der wintersonnenwende beim beginne der zwölften, wo er als geber alles guten und wünschenswerthen einäugig, mit breitkrämpigem hute und weitem mantel (wodurch sonne, wolken-und himmelsgewölbe symbolisirt werden) auf einem achtfüssigen rosse einherfährt. Diese rolle des heidnischen gottes hat das christenthum für Vorarlberg und Liechtenstein dem bischofe von Myra, St. Nicolaus, mundartlich Saniklos übertragen. Sein fest fällt zwar auf den sechsten dezember, aber an den meisten orten Vorarlberg's tritt er erst um weihnachten, überhaupt zur zeit der zwölf nächte oder der zwölften, d. i. der zeit von weihnachten bis dreikönigstag, oder vom 25. dezember bis zum 6. januar auf; er ist es, der statt des heiligen weihnachtskindleins die christgaben beschert. Der hl. bischof kommt nach der kindlichen anschauung am heiligen abend (25. dez.) als freundlich lächelnder greis mit mitra, kreuz und tunica hoch zu ross und mit geschenken aller art gerade aus dem paradis, kehrt in allen häusern an, wo gute kinder sind, um „einzulegen". *) Die kinder beten daher voll heisser erwartung durch etliche wochen jeden abend rosenkränze und bezeichnen deren anzahl mit einschnitten in ein holzstäbchen (kerbholz). Am hl. abend werden dann von den kindern für die übernächtige bescherung schüsseln, zu welchen sie jenes markirte holz legen, auf den tisch gestellt, für das pferd aber ein bündel heu und ein eimer wasser vor die hausthüre gelegt, und dann am frühen morgen die gaben an aepfeln, birnen, nüssen, backwerken,

---

*) Daher heisst es im kinderreim:
heiliger sanct Nicolaus,
komm i mei vaters haus,
leg mir schöne sachen ein
in mein kleins schüsselein.

spielsachen, mit unbeschreiblicher freude in empfang genommen. St. Nicolaus wird daher öfters „a kostrichs männle" (d. i. ein viel essbares mit sich führender mann) genannt, und als solchem soll ihm einmal in Vorarlberg bei der wahl eines kirchenpatrons von dem löbl. gemeindeausschusse der vorzug vor dem heiligen St. Martin gegeben worden sein; st. Martin, hiess es, sei „bûrarîterle" (weil an seinem festtage die zinse fällig werden). — In der kindlichen anschauung wird aber öfters aus dem schönen rosse des gabenspendenden bischofs nur ein esel; ja in einigen gegenden hat der kinderglaube den heiligen mann ganz und gar aus dem sattel gehoben und lässt ihn nur mehr auf schuhmachers rappen, d. i. zu fuss, einherrschreiten, freilich muss ihm aber dann ein k n e c h t (in Tirol k l a u b a u f genannt) den pack, in dem all' die kroem" enthalten sind, nachtragen. —

Während in andern deutschen gauen der storch die neugebornen kinder zum kamine des hauses hineinreicht, bringt sie in Vorarlberg der heilige Nicolaus aus dem paradiese, daher die redensart: „der Klos ist ko", es ist ein kind zur welt gekommen, „dem Klose beten", schwanger gehen. Wenn man zur zeit des Nicolai-tages in der frühe den nebel aufsteigen sieht, so sagt man den kindern: das ist der rauch, den st. Nicolaus beim backen der zelten und klösse macht. All' die verschiedenen figuren, die auf den zelten sich vorfinden, hat der esel des heiligen Nicolaus mit dem hufeisen eingetreten. In die schüssel, welche die kinder in anhoffung einer übernächtigen bescherung dem st. Nicolaus in der christnacht aufstellen, pflegen sie auch ein stück geld zu legen. In Praetigäu kennt man die sitte, am christabend brot vor die fenster zu legen, das dann vom st. Nicolaus in empfang genommen wird. —

Wie hoch st. Nicolaus überhaupt in der andacht des volkes steht, bezeugen die vielen kirchen, die ihm in Vorarlberg und Liechtenstein geweiht sind. Ich zähle in Vorarlberg allein zwölf dem heiligen bischof von Myra geweihte kirchen. Warum namentlich auch Braz im Klosterthale den hl. Nicolaus zum kirchenpatron sich erkoren, erzählt eine sage:

Es war vor langen jahren, Braz war noch kein stattliches dorf, es stund nur erst eine kleine bescheidene häusergruppe. Da schwoll einmal bei einem ungewitter ein bach fürchterlich an, riss hoch oben im gebirge eine gewaltige rüfe los, die gefahrdrohend auf die unten gelegene Brazner häusergruppe losstürzte. Ein böswilliger mann rief unter schadenfrohem teuflischem gelächter dem tosenden, ofengrosse steinblöcke mit sich reissenden wildbache zu: „lass nu wacker laufen". Da scholl ihm aber aus der rüfi die stimme entgegen: „der Saniklos hebt". Dieser zurückhaltenden und hemmenden kraft des heiligen mannes hatten es dann auch die häuser zu verdanken, dass sie nicht ganz überschüttet wurden. Als dann im laufe der zeit das vergrösserte Braz sich eine kirche gebaut hatte, wählte es, eingedenk der wundersamen kraft des heiligen Nicolaus, denselben zum kirchenpatron und stellte sein bildniss zierlich gemalt am hochaltare auf.

In dieser sage erscheint also Nicolaus rüfi- und wellenbesänftigend. Auch Odin übt nicht nur die herrschaft über den wind aus, sondern erscheint zugleich als meergeist und wasserbewältiger und führt desshalb nach Snorri den beinamen **Nikarr** oder **Hnikarr**. (Vgl. Grimm, I. s. 457).

Gottfried von Ems stiftete im j. 1356 in der pfarrkirche st. Nicolaus zu Feldkirch einen jahrtag für seine schwiegerin und vergabte zu diesem ende 14 viertel weizengeld jährlichen zinses, wovon jährlich ein viertel dem „**guten herrn sant Nicolausen**" gereicht werden soll. (Programm des k. k. gymnasiums in Feldkirch für 1860 s. 45).

3. Donar.

Wie dem volke in Churrhaetien an Wuotan, den mächtigen gott des sturmes, namentlich aber an sein heer noch mancherlei erinnerung geblieben ist, so auch an **Donar**, den gebieter über wolken und regen, der sich durch wetterstrahl und rollenden donner ankündigt. Merkwürdig ist die erklärung, die man im Vorarlberger oberlande, wo man vorzüglich viehzucht treibt, den kindern über die entstehung des donners gibt; man sagt ihnen nämlich: „jetzt wirft Gottvater d' brenta (die milchkübel) über die kellerstiege hinunter". In Montavon sagt man den kindern beim donnern und darauf folgenden regen: „sie käsen domma und vertroelen d' kaessger (die käsnäpfe) und verschütten milch und bolma" (ziger). Diese vorstellung ist uralt. Das heidnische alterthum dachte sich den regen als milch, die aus den vollen eutern der wolkenkühe (siehe oben s. 9) von Donar mittelst des schimmernden blitzstrahles oder der donneraxt gemolken wird und befruchtend zur erde niederrinnt. (S. Mannhardt, I. s. 194). — Mitten auf dem schäumenden Urdensee am fusse des Weisshorns auf Davos sieht man öfters einen verwünschten senn eine rothe kuh melken; hat er dieses geschäft vollendet, so fährt er mit schauerlichem gewimmer in den abgrund hinab, und ein dumpfes getöse, gleich einem fernen donnerwetter, rollt durch thal und gebirg, als vorbote schweren ungewitters. (Leonhardi, III. 2. h. s. 35 u. 36). Nach einigen steigt dieser verwünschte senn jedes siebente jahr mit seiner rothen kuh einmal in der mitte des sees aus der tiefe auf

„und alle sieben jahre soll
durchtosen den see ein dumpfes geroll."

„Dann milkt der senn seine rothe kuh
die wolken donnern und blitzen dazu."

(S. Alfons von Flugi's volkssagen aus Graubünden, s. 121.)

Die gewitterflamme entfachte Donar nach der vorstellung der alten an einem feuerstein und zertheilte unter donner und blitzen die regenwolke am himmel. Diese göttliche that Donar's glaube ich versinnbildlicht wieder zu finden in dem Montavoner kinderspiele: „d. hüehnlimuetter".*) Der hahn sitzt auf dem boden und fährt mit einem hölzchen umrührend in einer grube herum.**) Es erscheint die hüehnlimuetter, an die sich alle jungen in einer langen reihe hinten anhalten. Die hüehnlimuetter frägt den hahn: „was machst

---

*) Im Bregenzerwalde heisst dasselbe spiel „fückele foha".
**) Das umreiben des hölzchens in der grube, um feuer zu machen, gemahnt an die älteste weise der feuerbereitung. Sie bestand in dem reiben zweier hölzer, von denen das eine von länglicher form in dem andern, das die gestalt einer in der mitte ausgehöhlten scheibe hatte, quirlartig so lange umgedreht wurde, bis es sich erhitzte und in helle lohe ausbrach.

du da?" — „"a fürle å"" — „was witt das fürle?" — „"d's wässerle wärma"" — „was witt das wässerle?" — „"d's steinle wetza"" — „was witt das steinle?" — „"d's messerle schlifa"" — „was witt das messerle?" — „"dina hüehnli absteche"". Dann geht der hahn auf jedes der hühnlein los, stichts ab und wirft es auf die seite. Zuletzt aber fahren hahn und hühnlein über die hüehnlimuetter los. — Es übernimmt hier der **hahn**, Donar's heiliges thier und blitzträger, die rolle; ausgerüstet mit den eddischen attributen seines herrn, mit wetzstein und messer (hammer)*) zerstreut er die windgeister und endlich die grosse wolkenfrau selbst.

In Vorarlberg feiert man frühe schon den lenzbringenden donnergott, nämlich zur zeit der alten **fastnacht** oder **herrenfastnacht**, auch **funkatag** und **küechlisuntig** genannnt, d. i. am ersten sonntage nach dem aschermittwoch, durch **funkenbrennen** und **fackelschwingen**. Der **Funka** ist eine schlanke junge tanne, die mit stroh umwickelt und mit holzscheitern bis fast zum wipfel hinauf wie ummauert wird. In den wipfel pflegt man in einigen gegenden eine aus alten kleidungsstücken zusammengenähte und mit schiesspulver gefüllte menschliche figur zu setzen, die man **hexe** nennt. Bei einbrechender nacht wird nun das ganze angezündet und rings um den funka von knaben und mändchen fackel geschwungen. In einigen dörfern singen die fackelschwinger folgenden reim:

> flack ûs, flack ûs,
> über alle spitz und berg ûs!
> schmalz i der pfanna,
> korn i der wanna,
> pflueg i der erda;
> Gott alls grota lot
> zwüschat alla stega und wega. **)

---

*) Im Aarauer räthsel heisst es auf die frage: was hat der hahn in seinem linken bein? — einen *hammer* und einen *schleifstein*. (Rochholz s. 229).

**) Dieser reim klingt wie ein alter hymnus und ähnelt dem gebete, das der ehstnische bauer noch im 17. jh. zum „lieben Donar" sprach. (Siehe Grimm, I. s. 160).

— 21 —

Das lieblingsgericht am funkatag ist das küechli (in verschiedenen sorten als: honigküechli, käsküechli, öhrli u. s. w.) und lugmilch, in Liechtenstein nidel, m.; erstere ist ein gemisch aus dicker milch und rahm; der nidel hingegen geschlagener rahm, anderwärts „maibutter" genannt.

Sicherlich auch im zusammenhange mit Donarcultus war ein brauch der leute in der Grub (in Graubünden). „Die landleute in der Grub haben noch etwas anererbte bräuche, indem dass sie sich zu etlichen jahren (meistens zur zeit der sonnenwende) besammelten, verbutzten (sich als masken vermummten) und einander unbekannt machten, legten harnisch und geweer an, und nahm jeder ein grossen kolben oder knüttel, zugen in einer rott mit einander von einem dorf zum andern, triben hohe sprünge und seltsame abentheur. — Sie luffen gestracks laufs aneinander, stiessen mit kräften je einer den andern, dass es erhillt, stiessen laut mit ihren grossen stöcken und knütteln, deswegen sie vom landvolk genannt werden die Stopfer. Diese thorechte abentheur triben sie zum aberglauben, dass ihnen das korn destobas gerathen sölle, haben aber anjetzo abgelassen, und sind diese Stopfer in keiner achtung mehr." (Joh. Stumpf). Auch Ulr. Campell erwähnt dieses volksbrauches (s. 11) und bemerkt: „mit diesem gebrauche hing früher der glaube zusammen, dass dessen ausübung ein fruchtbares jahr bringe." —

In Hymisqvida wird besungen, wie Thôrr einen grossen kessel herbeiholt und auf seinem haupte trägt, was an den starken Hans im kindermärchen gemahnt, der sich die glocke als mütze auf das haupt setzt. (Grimm, I. s. 160). Vielleicht lässt sich ein werthvoller rest dieser uralten mythe in der bei den allenthalben in Churrhaetien zerstreuten Walsern*) so oft gehörten legende vom hl. Theodul, Theo-

---

*) Der schiedsspruch kaiser Ruprecht's vom 13. december 1408 gegeben zu Constanz zwischen den Appenzellern und dem schwäbischen st. Jörgenbunde zählt so ziemlich alle ableger des Walliser stammes auf, denn, „neben Friedrich von Oesterreich, den bischöfen und herren Schwabens, den städten st. Gallen, Feldkirch, Pludenz und Constanz", erschienen auf jenem tage auch noch die ammänner und landleute im

dor oder Joder nachweisen. — Fast in den meisten pfarren der Walser, d. i. eingewanderter Walliser wird der hl. Theodul, gemeiniglich st. Joder genannt, verehrt, was deutlich auf ihre abstammung aus Wallis hinweist. St. Theodul, nach andern Theodor (daraus Jodor — Joder), war nämlich im sechsten jahrhunderte bischof zu Sitten in Wallis, dessen landespatron er nun ist, und dessen andenken daselbst, gleichwie im vorarlbergischen obern Walserthale zu Raggal, alljährlich am 16. august feierlich begangen wird. Nach der legende bekam unser hl. Theodul vom pabste zu Rom eine glocke zum geschenke. Unvermögend durch menschliche hilfe dieselbe fortzubringen, habe er den teufel, den er aus einem besessenen ausgetrieben, gezwungen, das geschenk über die alpen nach Sitten zu tragen. Daher wird heute noch auf den altären der walserischen kirchen st. Theodul im bischöflichen ornate vorgestellt, einen **teufel mit einer glocke auf dem kopfe** an der seite, oder ihn an einer kette führend, und die kirchenglocke zu Laterns ist der sage nach ein theil jener, welche der böse geist dem heiligen bischof nachtragen musste. In der kapelle auf Masescha (einer ortsabtheilung des Triesnerberges in Liechtenstein) findet sich in dem linken seitenaltare ein junger blonder unbärtiger bischof und neben ihm ein teufel, der eine glocke trägt, die ihm recht schwer zu werden scheint und den kopf herabdrückt. Der rechte fuss dieses armen teufels läuft in greifenklauen, der linke in einen pferdefuss aus.*) — Dieser glockentragende teufel ist sicherlich Thôrr mit dem kessel auf dem haupte, oder der deutsche Donar, den die christliche vorstellung vom teufel so oft im hintergrunde hat. Das

---

Walgau, im Muntafun, im Bregenzenwald, im Lechthale und mit diesen die Walliser zu Tamuls, zum Sonnentage, in Glaterns und am Tunserberge, und alle andern Walliser, die zu uns gehören, alle Walliser zu Muntafun mit den Silbern (Silberthal) daselbst alle Walliser auf Galtür (im tirolischen Patznaun). Nimmt man ausser den bewohnern des Davos in Graubünden, noch dazu die Walser am Triesnerberge im Liechtensteinischen, und jene, welche in der gegend von Sargans lebten, so dürfte das verzeichniss der meisten wallisischen auswanderercolonien diesseits des Gotthard nahezu erschöpft sein.

*) Auf den thalern von Sitten erscheint auch hinter dem heiligen bischofe ein glockentragender teufel in den lüften.

christenthum setzte also an die stelle des kessels auf dem haupte des donnergottes die st. Theoduls-glocke, die nun unter allen glocken die wundersamste kraft ausübt gegen donner- und hagelwetter, das nach vorstellung der alten Donar oder Thorr zu erregen pflegte.

„Wan man die glock anziechen tut
und gat nach ihrem willen,
dass man si lut mit reinem mut,
das wetter tut sich stillen;
gar grusamlich sicht mans in lufften schyben
(hageln),
die glock tut es vertriben,
mit irem ton so rych,
uff erd ist nit ir gelych."
(Vernaleken, s. 315).

Die sage erwähnt noch einer begegnung des teufels mit st. Joder. Der teufel hatte den heiligen mann einmal auf den rücken geladen und wollte ihn über einen see tragen. Als der schwarze mit seiner last in die mitte des sees gekommen war, so rief er: „Jöderle b'seg'n di, oder i würf ab"; Jöderle aber entgegnete: „ich habe mich am morgen schon gesegnet". Wenn obiger vergleich des glockentragenden teufels mit dem kesseltragenden donnergotte nicht zu gewagt ist, so könnte man versucht sein, auch zwischen dieser sage und dem Thôrrmythus eine analogie aufzustellen. Wie einst Thôrr den Örvandill über die weiten winterlichen eisströme trägt, so hier der teufel den bischof durch den see. —

Also an die stelle Thôrrs oder Donars (und anderer heidnischen gottheiten) hat sich später der teufel eingedrängt und aus den teufelsgeschichten sind daher die einzelnen züge zum bilde Thôrrs zusammen zu lesen. —

Vom schweizerischen Sargans zieht sich eine mächtige gebirgskette längs des linken Rheinufers herab nach Werdenberg und weiter nach Sennwald, wo sie sich in das Kamor-gebirg fortsetzt. In der gegend über Sax und Gams erhebt sich auf dem rücken dieses gebirgszuges, eine senkrecht stehende felsenwand, in der mitte mit einem loche, das durch die ganze dicke der wand geht, so dass, wenn abends die sonne hinter dieselbe zu stehen kommt, ihre strahlen wie eine goldene garbe durch die felsenöffnung dringen. Vom rechten Rheinufer, namentlich von der Liechtensteinischen pfarre Bendern aus, erscheint die öffnung dem freien auge rund und ungefähr 7 zoll weit im durchmesser, mit einem tubus besehen aber bei 30 schuh hoch und nach oben zugespitzt. Das loch wurde vom teufel geschlagen, und führt heute noch im munde des volkes den namen t e u f e l s - l o c h. Ein bauer verpfändete nämlich dem teufel seine seele, wenn er — der teufel — das ganze Schâner-ried in einem tage abmähe und einfechse, doch sollte die arbeit vor dem abendläuten vollendet sein, widrigenfalls der vertrag keine gültigkeit mehr hätte. Der teufel war schon bis zum binden des letzten fuders gekommen, als plötzlich und unerwartet die abendglocke vom Benderer kirchthurme ertönte. Im grössten zorne über die mühevolle, beinahe vollendete und doch vergebene arbeit, und im bittern verdrusse, dass ihm des bäuerleins arme christliche seele entgangen, fasste der teufel den wiesbaum und schleuderte ihn mit so riesiger gewalt von dannen, dass er wie ein mächtiger pfeil die breite des thales durchfuhr, über den Rheinstrom flog, und im jenseitigen gebirge die bezeichnete öffnnung schlug. (Vorarlberg sag. s. 32).*)

Ebenso schlägt der einschlagende donnergott mit seinen keilförmigen steinen (unserem wiesbaum) ganze stücke aus felsen.

4. Holda-Berchta.

Von den göttinnen sind es ausschliesslich die freundliche, milde, gnädige Holda und die leuchtende, glänzende weisse Berchta, von denen sich noch einige spuren erhalten haben. Wir sahen beide mütterlichen gottheiten schon in den zügen des Nachtvolkes und begegnen ihnen wieder in den sagen und märchen von der w e i s s e n f r a u. Oft zwar lassen sich die weissen frauen am natürlichsten zurückführen auf

---

*) In Graubünden kennt man auch einen *teufelsberg*, es ist diess der *piz del diavel* in der schauerlichen wildniss des Livigno-thales linkseitig auf der gränze des landes.

die elbinnen und schwanfrauen unseres alterthums, die auch in weissen, leuchtenden gewanden erscheinen, doch aber auch züge von Holda-Berchta lassen sich an denselben nicht verkennen. In der nähe des schlosses Haldenstein, in Graubünden, geisterte unzählige jahre schon eine jungfrau in einem **brunnen**. Öfters entstieg sie in einem **schneeweissen gewande** dem brunnen und wärmte sich am goldnen strahle der mittagssonne.*) Ein jäger kam einmal zu diesem brunnen und sah die weisse jungfrau kläglich wimmernd an dem brunnen sitzen. Sie bat ihn, er möchte ihr doch, um sie zu erlösen, seine wärmende hand bieten. Der jäger fasste muthig der geisternden jungfrau hand an, die war aber eisig kalt, dass es ihm schaurig durch den ganzen leib fuhr, doch er hielt die hand fest. Da erschien plötzlich ein graues männchen, das trug ein demantkörbchen gefüllt mit glühendem golde; das männchen hielt das schimmernde körbchen hoch empor und winkte ihm fort, aber immer hielt fest er die hand.

Da leuchtete der maid gesicht
in trunkener freude: „so trog ich mich nicht!
du hast mir gehalten die hand!
nun nimm dir zum freundlichen dankessold
das demantkörbchen gefüllet mit gold." —
und reicht' es ihm und verschwand.

(Alf. von Flugi's: volkssagen aus Graubünden, s. 57 u. 58).

Diese weisse frau von Haldenstein heisst auch die „quelljungfer", die seele des brunnens, die dem wasser kraft verleiht, kranke zu heilen. In früheren zeiten wallten viele zu der quelle und vielen schenkte sie die verlorene gesundheit wieder. Die quelle fliesst heute noch so klar wie vor jahrhunderten; die quelljungfer hat man aber lange nicht mehr gesehen, und das wasser scheint seine heilkraft verloren zu haben.

Wenn man aus dem stillen Münsterthale über den felsenkamm des Ofenpasses nach dem Engadin wandert, gelangt

---

*) Holda, die göttin der brunnen, kämmt und badet sich in der mittagssonne.

man in das waldige hochthal Buffalora, das nach verschiedenen seiten verzweigungen abgibt. Weit ausgedehnte wälder, meist aus legföhren bestehend, wechseln mit weideplätzen; in den waldigen felsenschluchten ist die eigentliche heimat der bären, auch anderes wild ist noch zahlreich; menschliche wohnungen sieht man nicht in dieser einöde, tiefes schweigen herrscht weithin, der wind nur rauscht in den zweigen der föhren. (Naturbilder aus d. rhät. alpen von G. Theobald, s. 223).

Dort in den felsen wohnten einst gütige feen, und ein schönes grünes alpenthal breitete sich hier aus, aber durch den vorwitz der bewohner wurden die schützenden geister veranlasst, die gegend zu verlassen, die seitdem verödete. An die stelle der holden feen ist später ein seltsames gespenst getreten, die **dònna di Valnüglia**, eine **weisse** frauengestalt, die aus dem thal Nülla herauskommt, und bei tag und Nacht dort umgeht. Sie trägt einen **bund schlüssel** am arm, und was ihre erscheinung noch grauenhafter macht, ist, dass sie **keine nase hat**. Die interessante persönlichkeit war einst schaffnerin im schloss zu Zernetz und veruntreute viel gut. Nach ihrem tode gieng sie mit ihrem schlüsselbund rasselnd dort um, bis sie die schlossherrschaft durch einen geschickten geisterbeschwörer in das öde seitenthälchen Valnüglia bannen liess. (Vgl. Vernaleken, s. 135).

Diese **weisse dònna di Valnüglia** ist Berchta. Es gibt eine weisse, schwarze und eine eiserne Berchta, eine reine pédauque, regina pede auca, die mit dem platsch- und gänsefuss, Berthe au grand pied, eine frau Precht mit der **langen nas**, eine Percht mit der **eisnen nasen**, und hoch oben auf Buffalora am einsamen Ofenpasse figurirt sie also auch als dònna **ohne nase**.

Die meisten **weissen frauen** Churrhaetiens sind in einsame gehölze und gebrochene burgen zum geistern verwünscht, gleichwie Holda in den Horselberg gebannt ist.

So erscheint beim eingange ins Praetigäu unter dem schlosse Fragstein, oder, wie es die Seewiser nennen, **Satoffers**, zu zeiten eine **weisse jungfrau**, mit einem bunde schlüssel der von ihrem gürtel herabhängt. Wer es wagt, ihr diesen schlüsselbund abzunehmen, auf dem eine gräuliche kröte sitze, der erlöst sie und kommt in besitz grosser schätze.

Auf Gutenberg bei Balzers, in Liechtenstein, geisterte auch eine **weisse jungfrau**. Öfters liess sie sich sehen; sie trug ein **kirschblütenweisses kleid** und zwei grosse glänzende zöpfe. Einen Balznerknaben, der, um beeren zu pflücken, bis zur alten mauer hinauf gekommen war, sprach sie um erlösung an, indem er sie dreimal umschwinge, doch soll er dabei ja nicht auf ihr goldhaar schauen. Der knabe fasste all sein herz und alle seine kraft zusammen und schwang die weisse jungfrau, ohne ein aug zu verwenden, zweimal herum; das dritte mal aber musste er — er konnte nicht anders — einen blick auf die schönen goldglänzenden zöpfe werfen. Da hatte er auf einmal zwei kalte schlangen in den händen und die jungfrau verschwand jammernd: nun müsse sie neue hundert jahre geistern.

In den trümmern von Strahlegg im Praetigäu, geisterte einst die sogenannte „Schänenna-jungfer". Einer bekam sie einmal zu sehen; ihre gestalt war **riesengross** und angethan mit **weissem kleide**. Sie gestand, dass sie ob schwerer schuld geistern müsse, doch erlöst werden könnte

von jenem, der der erste sei gebettet
in einer wiege, die aus brettern man gefügt
der tanne, welche wuchs, wo sie gekettet.

Laut einer Vorarlberger sage (s. 60) jammerte ein **weisses holzfräulein** zu einem holzschröter, der dasselbe auch nicht zu erlösen vermocht hatte, recht kläglich: „jetzt muss ich noch so lange geistern, bis das tännlein da eine tanne geworden, bis man diese tanne gefällt, gesäget und aus den brettern eine wiege gemacht hat, und bis ein erstgebornes knäblein in der wiege gelegen und bis das knäblein ein geistlicher herr geworden ist, und die erste messe gelesen hat.*)

---

*) Der umstand, dass die erlösung eines geistes von dem wachsthume eines *baumes* abhängt, kommt auch in andern deutschen gauen häufig vor. Beim Pauliner schlösschen im Unterelsass muss ein mägdlein um ein lindenbäumchen herum so lange geistern, bis die linde

Ein eigenthümliches abbild der frau Holda oder Berchta ist wohl auch das stûhawîble, d. i. das weiblein mit der stauche, eine besonders den kindern zu Schruns in Montavon bekannte persönlichkeit. Stûche, stauche (auch der stûcha; mhd. stûche) ist ein kopftuch oder schleier von dünner, weisser leinwand, von frauen besonders beim gottesdienste und bei leichenbegleitung getragen; dann dieser stoff selbst, und eine schürze davon. (Dr. Karl Frommann: „die deutschen mundarten", III. s. 500, 9). Noch in jüngster zeit pflegte in Schruns bei begräbnissen und trauergottesdiensten die trauerführende weibsperson als zeichen tiefster trauer ein weisses tüchlein nach art der nonnen um das haupt zu legen, und darüber einen niedern, breitkrämpigen männerhut zu setzen; diesen sonderbaren kopfputz nannte man „sturz und stûha". Das stûhawîble ist also ein weiblein, das haupt in ein weisses, leinenes tüchlein gebunden. Ausser der weissen kopfbedeckung legt ihm die kindliche phantasie noch einen besen oder einen stecken bei, mit dem es die ungerathenen kinder verfolgt. Lärmende kinder werden daher mit dem stûhawîble bedroht und zum schweigen gebracht. Bedeutsam erscheint das stûhawîble im kinderspiele. Kinder schliessen einen kreis und halten die fäuste an einander; dann wird abgezählt unter hersagung der reimformel:

Engele bengele dupeltê,   (oder: îsa bîsa dupfitê),
zipfa zapfa tannawê   (tifel, tafel tannawê),
aenisbrot gimmers nôt,   (engelsbrot kindesnôt,
                                        zinkanôt täglis brot),
zi pfanna duss.*)

---

so gross geworden, dass man daraus ein todtenbäumchen machen kann, für das kind, welches das mägdlein an diesem platze getödtet und verscharrt hatte (Aug. Stöber: die sagen des Elsasses, s. 352). Grimm (I. s. 921) macht dazu die geistvolle bemerkung: „in allen diesen sagen (von den bedingungen zur erlösung der weissen frau) knüpft sich der eintritt des künftigen ereignisses an einen *keimenden baum*, gerade wie der weltkampf durch den schössling der esche, oder den in laub ausschlagenden dürren baum bedingt war.

*) Dieser zählspruch geht nach Rochholz (alem. kinderl. und kindersp. s. 120) wechselnd durch ganz Deutschland. Statt „aenisbrot" heisst es

Nun tritt das betreffende kind aus. Das übrigbleibende ist das s t û h a w ï b l e. Als solchem gibt man ihm einen besen oder einen stecken in die hand; mit dem besen oder stecken zeichnet es ein viereck in das erdreich; dieses viereck bedeutet einen garten; denselben theilt es zierlich in bette ab und wendet sich dann zur kinderschaar: „geht holt mir samen zum säen!" Die kinder gehen und jedes einzelne bringt eine handvoll sand: „da habe ich gelbe rüben", sagt das eine, „da petersil", das zweite, „da kohlraben", das dritte u. s. f. „Nun säet mir die bette meines gartens an", sagt das stûhawïble, „ich lege mich mittlerweile schlafen", und legt sich auf die erde nieder. Während aber das stûhawïble schlummert, zerstören die andern kinder die zierlichen bettchen des gartens und rufen dann: „stûhawïble stand ûf, es hot ôve Mreia glütt!" Das stûhawïble fährt auf diesen ruf auf aus dem schlafe und jagt, nachdem es die verheerung in seinem garten wahrgenommen, den kindern mit dem besen oder stocke nach; das erste, das erwischt wird, muss wieder stûhawïble sein. — Dieses weisshauptige weiblein mit dem zauberstab in der hand, mittelst dem es den garten absteckt und die bettchen zurecht richtet, weist auf eine mütterliche gottheit hin, welche die oberaufsicht über den feldbau und die wesentlichen geschäfte der hausfrau, als flachsbau, spinnen, gärtnerei, führt, also auf Holda-Berchta. Wie aus den göttinnen H o l d a , B e r c h t a und O s t a r a , um mit Grimm zu reden, sich die w e i s s e f r a u und zuletzt die n o n n e niederschlagen konnte, so das einer nonne ähnliche Montavoner weibchen mit der stauche. Merkwürdiger weise ver-

---

im Aarauer spruch „agathebrod", d. i. dasjenige festbrod, welches am tage der hl. Agathe in den haushaltungen gebacken, kirchlich eingesegnet, wohl auch mit weihzetteln beklebt und das jahr hindurch aufbewahrt wird, um es bei einer feuersnoth (gimmers nôt, d. i. in der noth) in die ausgebrochene flamme zu werfen. Die formel, mit welcher der priester am Agatha-tage dieses brod weiht, lautet nach einem alten rituale in der pfarre Silberthal in Montavon (ohne jahrzahl) wie folgt; „Domine benedice et sanctifica *hos panes*, fructus, cereos, aquam, vinum, oleum, et caetera hic posita in honorem *beatae Agathae virginis et martyris tuae* deportata, et concede per intercessionem ejusdem virginis et martyris, ut ubicunque contra *ignem conburentem* missa, vel posita fuerint, illico ignis evanescat, et penitus exstinguatur."

setzt der kinderglaube die wohnung des stûhawîble in den kirchthurm, gleichwie ein kinderreim eine der schicksalsgöttinnen in das glockenhaus gehen lässt.*) Beim hervorsegnen nehmen die wöchnerinnen desshalb die neugebornen kinder mit in die kirche, damit diese nicht der gewalt des stûhawîble anheimfallen. Die ungesegneten kinder müssen dem stûhawîble, wenn es pfeift, folgen. Das schmeckt ganz nach dem heidenthum und setzt die identitaet des stûhawîble mit Berchta ausser zweifel. Den hauptbestandtheil im heere der Berchta bilden die seelen der ungetauft verstorbenenen kinder, die als elementargeister aufgefasst in Thüringen heimchen heissen. Mit diesen sorgt sie für die fruchtbarkeit der äcker. (Mannhardt, I. s. 289).

An Berchta, die königin der heimchen, noch mehr aber an die nordische Hulle, Huldra, der viehweiden und des melkens hohe beschützerin, an die königin und herrin des huldrefolks, erinnert auch ein geisterhaftes weibliches wesen, das in den alphütten des obern Walserthales in Vorarlberg eine rolle spielt. Es gehört in die reihe der „alpenbütze", von denen die Walser so viel zu reden wissen, und führt den auffallenden namen Alpmuetter. Ob unter diesem namen eine mutter der vieh- und melchalpen, oder eine mutter der albs, alpen (geniorum) zu verstehen sei, vermag ich nicht zu entscheiden. So viel ist aber gewiss, dass, sobald die hirten im herbste zu thale ziehen, die Alpmuetter von den sennhütten besitz ergreift und mit ihrem gesinde den ganzen winter über in denselben hauset. Sie macht sich gar viel geschäft, zu sennen, zu käsen, die brenten (milchkübel) zu brühen, die kessel zu fegen, und die kuhketten herumzuwerfen. — Einmal, es war in der alpe Laguz, gieng ein jäger im spätherbste an einer alphütte vorbei und

*) rîta — rîta — rössle,
    z' Walastadt a schlössle,
    z' Chur dom a guldis hûs,
    es luegen *drei frauen* drûs;
    êne spinnt sida,
    êne schnätzet krîda,
    êne *got is glokahús*,
    lot die heilig sunna-n-ûs.

(Siehe unten s. 32).

hörte in derselben ein ganz sonderbares geräusch und getümmel, nicht anders, als wenn es noch hochsommer und senn und bisenn vollauf beschäftigt wären. Die neugierde lockte den waidmann und er gieng und schaute durch ein astloch in die alphütte hinein und gewahrte in derselben die leibhaftige Alpmuetter. Es war ein altes buckeltes weiblein, das am herde stand, eifrig mit kochen beschäftigt. Rings um den herd und die buckelte köchin herum tanzte eine schaar kleiner thierchen, das eine ein salzbüchsen, das andere eine kochkelle, das dritte einen seihwisch und das vierte noch ein anderes küchengeräth' in den vordern pfoten haltend; eines der tanzenden thierchen aber war leer ausgegangen und trug nichts in den pfoten. Zu diesem wendete sich plötzlich das weiblein und knurrte: „Hanschäsperle *) chotz mer schmolz!" und siehe da, das Hanschäsperle erbrach schmalz in hülle und fülle.

Eine der frau Holda-Berchta schier identische göttin ist auch frau Rosa, die heute noch im kinderspiele auftritt. Das spiel wird zu Schruns in Montavon von mädchen gespielt. Eines der mädchen, das die rolle der frau Rosa übernimmt, sitzt am boden; ihm auf den schoos setzen sich eines über das andere der anderen mitspielenden bis auf eines z. b. Amreile. Dieses letztere geht um die reihe der sitzenden kinder herum und fragt das oberste kind: „wo ist d. frau Rosa?" — „„dehinna dra"" — antwortet das gefragte — „was hot sie â?" — „„wiss und schwarze krüsele (röllele)"" — lautet die antwort. Dann geht Amreile auf frau Rosa zu und verlangt von ihr, ihm ein kind zu geben. Frau Rosa weigert sich zuerst; die bittstellerin aber verspricht das kind in baumwolle zierlich eingewickelt oder in einer schachtel von gold und silber wohl verpackt zehnspännig in den himmel zu führen. Nun willigt frau Rosa ein. Die bittstellerin trägt nun das erhaltene kind auf die seite und kommt dann wieder zu frau Rosa und begehrt ein anderes kind. Sind alle kinder abgeholt, so kommt Amreile zum letzten male zu frau Rosa und ladet sie zu den kindern auf mittag. Frau Rosa, der einladung folgend, erhebt sich vom boden; aber wie sie sich

---

*) „Hanschäsperle" ist jedenfall ein zierlicher zwergname und ähnlich dem „Klüüngerhänsle" des Bregenzerwaldes.

der kinderschaar nähert, so fährt diese unter hundegebell und unter den geberden des zerreissens über sie los. — Es stellt dieses spiel den glauben der alten bildlich dar, dass die seelen der sterbenden vermöge ihrer natur als lufthauch*) zur wolke entschweben und hier als kinder der mütterlichen göttin aufnahme finden. Zum wind anschwellend, oder mythisch ausgedrückt in hunde verwandelt, verlassen sie die wolke und verfolgen nun im sturmgebell die mutter selbst, das heisst mit einem prosaischeren und nach unseren jetzigen vorstellungen verständlicheren ausdrucke: die sausenden winde zerreissen den schleier der mütterlichen wolke. (Vgl. Mannhardt, I. 274). Nach M. wird dasselbe spiel auch in der Priegnitz gespielt; aber statt frau Rosa führt das kind den namen frau Gôde. Letztere aber gleicht nach Grimm, (II. 880) in gar vielen zügen der frau Holda und Berchta, also dürfen wir auch unsere frau Rosa ohne bedenken der Holda-Berchta an die seite stellen. Frau Rosa hat auffallender weise wîsse und schwarze krüsele, d. i. haarlocken; das gemahnt an die eine der baierischen schicksalsgöttinnen an Held, die wie Hel halb weiss halb schwarz ist. Frau Rosa ist also halb Holda-Berchta halb schicksalsgöttin. Das aussehen und gebahren der schicksalsgöttinnen trifft überhaupt fast durchgehends mit den vorstellungen des alterthums von Holda, Berchta und ähnlichen göttinnen zusammen.**) Obiges spiel wird, doch mit merklichen abänderungen, auch im canton Aargau gespielt. (Rochholz, s. 436 u. 437). Auch dort trägt frau Rosa die farbe der Hel — „wîss und schwarz". Auf die weitere frage: „was no dezue?" heisst es: „es neus paar schueh".***) Das ist der schuh, den

---

*) Auf eine sehr plastische und drastische art wird hier im kinderspiele die aus des leibes fesseln gelöste seele als weisser baumwollkneuel, oder gar als goldene schachtel dargestellt! Das steht in grellem gegensatz zu den anmuthigen vorstellungen, dass die entweichende seele als lufthauch entschwebe, oder als blume aufblühe, oder als weisse taube auffliege. (Vgl. Grimm, II. 789). Die überfahrt geschieht im binnenlande natürlicher weise nicht zu schiff, sondern zu wagen.

**) Siehe oben s. 28 die analogie zwischen *stúhawîble* und der schicksalsgöttin, die in das glockenhaus geht.

***) Ein volksräthsel sagt vom *schuh*: es kunt vom leba — und hot ke leba — hot blüet't und blüet't nümma — und doch trêts lîb und sêl umma.

man dem todten ins grab mit gab, damit er nicht barfuss
die dornenhaide vor Hels behausung zu überschreiten habe
(nord. helsko — helschuh).

5. Nornen.

Die dem menschen bei seiner geburt den schicksalsfaden
spinnenden nornen der altnordischen mythologie lassen sich
noch erkennen in den verschiedenen varianten des kinder-
reimes von den **drei frauen, jungfrauen** oder **poppen**.
Als grenzpunkte nach ost, west und norden hin, von welchen
aus und bis zu welchen das wiegenseil für den neugebornen
von den **drei poppen**, als stellvertreterinnen der alten
nornen, gespannt wird, damit dieser glücksfaden schirmend
um die ganze heimath herumreiche, zählt der text des reimes
bloss die nachbarschaftsorte auf (vgl. Rochholz, al. kindl. u.
kindsp. s. 141. ff.). Die mir aus Churrhaetien bekannten
kindersprüche von den drei poppen oder drei frauen sind:

1.

rîta — rîta — rössli,
z' Bludenz ist a schlössli,
z' Nenzig ist a glockahûs,
oder: z' Bregez ist a schlössli,
z' Hörbranz a glockahûs,
es luegen **drei poppa** drûs;
die erst spinnt sîda,
die zwoat glorifîgat,
die dritt thuet 's thöaerle ûf
und lot das hoalig sünnele ûs.

2.

rîta — rîta — rössle,
z' Walastadt a schlössle,
z' Chur dom a guldis hûs,
es luegen **drei fraua** drûs;
êne spinnt sîda,
êne schnätzet krîda,
êne got is glockahûs,

3

lot die heilig sunna-n-ûs;
es stot a vögele uf der stang,
hät a glöckle in der hand,
wenn das glöckle klinglet,
simmer alle im himmel.

3.

riti riti rössli,
z' Bada stot e schlössli,
schauend drei jungfraua ûs,
die eine spinnet sîde,
die andere schnätzet krîde,
die dritt got in keller
und holet Muskateller,
Muskateller süesse wî,
morn wemmer lustig sî.

Identisch diesen drei poppen und drei frauen und jungfrauen sind die drei schwestern im Praetigäu, von denen prof. Pl. Plattner eine niedliche sage erzählt. „Auf den Fideriser heubergen stand ein kleines häuschen, in welchem drei schwestern wohnten. Eine von ihnen war schneeweiss, schön und gut, die andere eine böse schwarze hexe, die dritte halb weiss und halb schwarz, halb gut und halb bös. Wenn die hexe den leuten im thal unheil anrichten wollte und die gute es durch rath und warnung verhinderte und darüber die hexe in wuth gerieth, indess die gute weinte, dann trat die mittlere vermittelnd zwischen sie, so dass die hälfte des unheils zugelassen und die andere hälfte abgewendet wurde. Einst machten die Fideriser burschen und mädchen eine bergparthie und wurden in der nähe des häuschens der drei schwestern vom regen überfallen. Die gute erbarmte sich der jungen gesellschaft und lud die durchnässten in die stube. Sie wollte ihnen küchlein backen, aber die hexe stiess sie aus der küche und buck der gesellschaft selber küchlein, die von aussen schön goldgelb wurden, inwendig aber giftig waren. Das verdross die gute und sie weinte. 'Die mittlere kam dazu, buck aus grobem hausmehl grobe braune küchlein und sagte zur guten: „wir stellen beide, die goldgelben und die braunen, den gästen vor. Die eigennützigen werden die schönen giftigen essen und sterben; die bescheidenen hingegen die braunen und ihnen wird nichts geschehen; so geht es halb und halb wie immer!" Die hälfte der gesellschaft, die von den goldgelben ass, starb; die bessere hälfte kehrte von der guten reich beschenkt nach hause."

Das characteristische in nornensagen, dass was vorausgehende begabungen günstiges verheissen, durch eine nachfolgende zum theil wieder vereitelt wird (Grimm, I. s. 380), schimmert schon in obigen kinderreimen durch: den von der ersten poppa oder frau gesponnenen seiden- (glücks-) faden bricht die zweite, indem sie krîda schnätzlet.*) Noch schärfer tritt aber diess aus der Praetigäuer sage hervor. Statt der von der weissen guten schwester projectirten guten und gesunden küchlein hätte die ganze lustige Fideriser gesellschaft durch die tücke der schwarzen lauter giftige bekommen, wäre nicht die (an Hel und die baier. Held erinnernde) halb weisse und halb schwarze vermittelnd dazwischen getreten. Es ist überhaupt in dieser sage das mass von körperschönheit und herzensgüte und hinwiederum von hässlichkeit und hexenhaftigkeit, das die nornen und die mit ihnen verwandte Berchta**) einhalten, markirt hervorgehoben. Und gerade auch eine verwandtschaft der drei bäckerinnen auf den Fideriser heuwiesen mit Berchta ist nicht zu leugnen. Wenn sich letztere nach den vorstellungen des alterthums als häusliche mütterliche gottheit sich des spinnens, überhaupt der geschäfte einer guten hausfrau befleisste, so gewiss auch des backens.***) Darf man hier auch an das lieblingsgericht der Berchta an klösse und fette kuchen erinnern?

Grossartiger als vom Nenzinger glockenhaus schauen die drei nornen von jener gebirgskette nieder, die sich im westen

---

*) Rochholz, alem. kinderl. und kindersp. s. 148 erklärt das einer der schicksalsnornen zugeschriebene *krîdaschnätzla*: „schnatz ist haarschnur und geflochtenes haar (nord. snua: winden, schnüren); chride ist falschheit und streit. Die chrideschnatzlerin bringt hader und verdruss zwischen die freude."

**) Es giebt eine weisse, schwarze und eine eiserne Berchta, eine gute spinnerin und eine verfluchte u. s. f. Siehe Rochholz alem. kindl. u. kindsp. s. 144, und J Grimm's mythol. s. 250—259.

***) Vgl. was oben s. 29 über die analogie zwischen dem Montavoner *stûhaxîble* nnd *Holda-Berchta* gesagt wurde.

von Frastanz an der grenze von Feldkirch, südlich gegen das fürstenthum Liechtenstein hinüber zieht; ich meine die drei felsenhäupter, die unter dem namen die drei schwestern von Frastanz in der erwähnten gebirgskette hoch aufragen und ernst niederblicken in das obere Rheinthal, auf Vaduz und in das land Liechtenstein. Schon Friedrich Panzer hat die drei schwestern von Frastanz den drei nornen an die seite gestellt. Es geht von diesen drei schwestern eine liebliche sage; ich habe sie in meiner sammlung Vorarlbergischer sagen s. 17 mitgetheilt und gebe sie zur ergänzung dieses abschnittes hier wieder in der form, in welcher sie Alpenburg in den mythen und sagen Tirols s. 227 erzählt hat. — Vor überlanger zeit kam oftmal ein Venediger manndl in diese gegend und holte von hier, vorzüglich aber vom nahen unbewohnten, jetzt waldigen „Saminathale", welches zwischen den drei schwestern und dem Ziegerberg liegt, gold in hülle und fülle. Das manndl fuhr durch die luft mit einem grossen krug in der hand von Venedig dahin, stellte den krug unter eine wasserquelle, welche aus einem unterirdischen goldfluss körner mitführte, und bald hatte es denselben voll, dann flog es wieder heim. Zum beweise hatte es einmal den krug voll gold den dortigen hirten gezeigt, jedoch die liessen sich nicht blenden, bekreuzten sich und liessen den Venetianer gehen. — Nun wohnten zu Frastanz drei schwestern, welche an dem hohen Mariahimmelfahrtstag leichtsinnig und gottlos statt in die kirche zu gehen, in aller frühe auf den berg gingen, um heidelbeeren zu pflücken, die da in menge wuchsen, und sie dann in dem nahen Feldkirch zu verkaufen. Da trafen sie dort den Venediger, der sie anfuhr: was macht ihr heut da? — Jene erschracken im bewusstsein, einen so hohen festtag schnöden gewinnes wegen entheiligt zu haben und sagten: nichts! nichts! nichts! — Da sprach der zauberer mit rauher stimme: so sollt ihr auch zu nichts werden, als zu drei kahlen felsen ohne gras und laub, ohne bäume und frucht, und unter euch soll mein goldborn verborgen rinnen, und kein sterblicher soll ihn finden. Alsbald wurden die drei mädchen starr vor schreck und zu stein vor dem fluche. — Ich habe schon in meiner sammlung s. 18 auf den bedeutsamen umstand hingewiesen, dass die drei schwestern von Frastanz über einem **goldborn** sich erheben; erinnert er ja unwillkürlich an die altnordische vorstellung, dass die drei nornen Urd, Verdandi, Skuld (vergangenheit, gegenwart und zukunft) an einem **brunnen**, dem **Urdarbrunnen** sitzen.

Auf eine fast comische weise wird das nornengeschäft von einem knechte im Montavoner kinderspiele geübt. Einer der kinder spielt den herrn, der wünscht einen rossknecht. Nun hinkt einer aus der schaar halb lahm herbei und trägt sich als knecht an. Der herr will aber von einem fusslahmen knechte nichts wissen. Der knecht versichert aber, er sei ganz gut zu fuss und steigt zum beweise dafür hurtig eine stiege hinauf. Auf das hin stellt der herr den knecht an, befiehlt ihm die pferde gut zu besorgen und geht dann weg. Der neu angestellte rossknecht beginnt nun zu füttern; einem theil der mitspielenden kinder wirft er heu vor unter dem ruf: heu! heu! einem andern gruemet unter dem ruf: gruemet! gruemet! einem dritten aber sand oder koth unter dem rufe: gift! gift! Nach und nach sterben alle pferde und liegen starr mit kreuzweise über einander gelegten füssen am boden. Da kommt der herr, und wie er alle seine pferde tod findet, so zankt er gewaltig mit dem knechte: du hast mir die rosse vergiftet. Nein! entgegnet der knecht erbosst, aber du hattest in das heu geschmissen, und darum sind alle drauf gegangen. Der herr sucht nun bei jedem einzelnen kinde die kreuzweise verschränkten füsse zu lüften. Nach allem dem bestimmen herr und knecht heimlich vier ziele: himmel, hölle, fegefeuer und paradies; dann reichen sie sich die hände und bilden so gleichsam eine brücke, bestimmen aber vorher, natürlich wieder heimlich, welche seite der hände den himmel, welche die hölle, welche das fegefeuer und welche endlich das paradies zu bedeuten habe. Hierauf kommt von den andern kindern eines nach dem andern heran und wird gefragt: „himmelring, guldis kind, uf welle hand schlahst?" Je nach der seite, auf die es geschlagen, wird es in den himmel getragen unter dem rufe: himmelring! guldis kind! oder in die hölle: hellriegel! rossdreck! oder in das fegefeuer: fegfür! fegfür! oder endlich in das paradies: paradîs! paradîs.

Ueber die menschen, des ahnherrn und allvaters kinder, waltet ein unabänderliches urgesetz, das s c h i c k s a l. Seine botinnen, welche den menschen seinen willen überbringen und verkünden und denselben an ihnen ausführen, sind die nornen, die drei schicksalsschwestern, welche an seiner wiege stehen und an seinem sterbelager. Im spiele sind zwar diese botinnen nicht genannt, doch erinnert das heu mit seinen halmen an den faden, den sie spinnen, oder an das gewebe, das sie weben, und an welches das leben, wohlergehen und der tod der menschen geknüpft ist.*) Nach dem tode beginnt der ritt der todten über Hels Gjallarbrücke oder die milchstrasse, über den h i m m e l r i n g d. i. den regenbogen.**)

*) Die angelsächsische schicksalsgöttin Vurdh wird geschildert, wie sie urplötzlich dem menschen zu handen steht und ihn mit ihren krallen packt. Wegen der tödtenden krallen der schicksalsgöttinnen scheinen diesen als abbilder die nägel der menschen geweiht gewesen zu sein. Weisse flecke auf den nägeln (das sogenannte nägelblühen) bedeuten daher glück, freude; von ihnen nimmt man in Schwaben die jahre der lebensdauer ab; gelbe flecken dagegen sagen tod, betrübniss u. s. w. voraus. (Mannhardt, I. s. 323 u. 324. Grimm, I. s. 377). In Liechtenstein sagt man: gelbe mosen an der rechten hand bedeuten freud, an der linken leid; ferner: so lange an den wurzeln der fingernägel jenes bekannte kreissegment — lunula — sichtbar ist, blüht der baum noch, aus dem dereinst der todtenbaum — sarg — gemacht wird.

**) Auch in Baiern nennt man den regenbogen *himmelring* oder *sonnenring*.

II. Elbische wesen.

1. Schrättlig.

„Von den vergötterten und halbgöttlichen naturen scheidet sich eine ganze reihe anderer wesen hauptsächlich darin, dass sie, während jene von den menschen ausgehen oder menschlichen umgang suchen, eine gesonderte gesellschaft, man könnte sagen, ein eignes reich für sich bilden, und nur durch zufall oder drang der umstände bewogen werden, mit menschen zu verkehren. Etwas übermenschliches, was sie den göttern nähert, ist ihnen beigemischt, sie besitzen kraft dem menschen zu schaden und zu helfen; zugleich aber scheuen sie sich vor ihm, weil sie ihm leiblich nicht gewachsen sind. Entweder erscheinen sie weit unter menschlichem wachsthum, oder ungestalt. Fast allen ist das vermögen eigen, sich unsichtbar zu machen. Auch hier sind die weiblichen wesen allgemeiner und edler gehalten und ihre eigenschaften gleichen denen der göttinnen und weisen frauen; die männlichen geister scheiden sich bestimmter ab, von göttern wie von helden." (Grimm, I. s. 408). Zu dieser dämonensippe liefert Churrhaetien ein ziemlich zahlreiches contingent. Hieher gehört der **Schrättlig**, von dem zumal in Vorarlberg viel redens geht. Wie er aussieht, weiss man eigentlich nicht, wohl aber, dass er ein launiger „leidwerchiger" hausgeist ist, der seine freude daran hat, nachts in schlafgaden zu schleichen und die leute im bette zu drücken, dass ihnen der athem fast vergeht und sie nichts anders glauben, als es liege ein zentnergewicht auf ihnen.*) Bei diesem nächt-

---

*) In der Schweiz heisst an vielen orten der alp auch *Schrättel*. In Mühlbach im Elsasse und den benachbarten ortschaften ist das *Schrätsmännel* ein kinderpopanz, der den schlafenden kindern auf das herz sich setzt und sie zu erdrücken scheint. (August Stöber: die sag. d. Elsasses, s. 92).

lichen manöver kommt ihm das vermögen, seine gestalt zu
wandeln, vortrefflich zu statten. Öfters schiebt er als **katze**
mit der rechten vordern pfote ganz niedlich den fensterläufer
zurück und hüpft in das schlafzimmer; oder er windet sich
als **strohhalm** zum schlüsselloch hinein, oder er **schneidet sich selbst den bauch auf und haspelt die gedärme aus dem leibe**, dass er ganz dünn geworden
sich durch jede wandspalte durchdrängen kann. Beides ist
ihm einmal übel bekommen. Es fasste einer den Schrättlig,
da er sich just als strohhalm zum schlüsselloch hereinwand,
und nagelte ihn fest an die zimmerwand, und als er morgens
erwachte, gewahrte er ein altes weiblein an der wand hängen,
und das war der todte Schrättlig. Ein anderer fand die
herausgehaspelten gedärme des Schrättligs vor der kammerthür und er gieng und **mischte harz und sägmehl**
darunter, so dass der unhold sie nicht mehr in die bauchhöhle einzupacken vermochte und drauf gehen musste. —
Ein messer in die wand des schlafgemaches gesteckt, ein
glas voll urin wohl verstopft und unter das bett gestellt,
und ganz besonders eine hechel oder „kartatsche"*) umgekehrt auf die brust gelegt, schützt gegen den Schrättlig.
Hat man eine **schwarze henne** im stall und merkt nachts
den Schrättlig kommen, so sage man zu ihm: „geh' drück
lieber meine schwarze henne im stall", und dann fährt er
gutwillig ab, geht in stall und drückt dort die schwarze
henne zu tod.**) — In Liechtenstein heisst es: man wiege
nie eine leere wiege, geschehe dies, so wiege man den
Schrättlig. —

Dieser Vorarlberger Schrättlig scheint in beziehung zu
Frouwa zu stehen, die **katze**, in die der Schrättlig sich
wandelt, ist Frouwa's heiliges thier; aber auch zu **Berchta.**
Seine stellung zu der erhabenen leuchtenden göttin bezeich-

---

*) Ein gut geschürztes volksräthsel sagt von der kartatsche: an
hölzerna rugga (rücken), an lederna bûch (ein lederner bauch) und
draehtene därm (därme aus draht) — was ist das?

**) Der teufel verlangt einen *schwarzen geisbock*, oder ein *schwarzes
schaf*, und auch *schwarze hühner;* bergmännlein lassen sich heraufbeschwören, wennn man ihnen zu einem gedeckten tische eine *schwarze
henne* schlachtet. (Grimm, II. s. 961 u. 962).

nete man deutlich in Baiern; dort nannte man ehemals das elfengefolge der Berchta „die Schrezlein" und pflegte in der Berchtnacht einen tisch anzurichten, der Percht und den Schretzlein speise zu opfern. (Mannhardt, I. 291). Der aufgeschnittene bauch, die herausgehaspelten gedärme und das darunter gestreute sägmehl und harz führen wieder unwillkürlich auf Berchta. Dieselbe erscheint in Kärnthen um weihnachten als eine frau mit zottigen haaren und schneidet dem, der andere speisen als ihr festgericht genossen hat, den bauch auf und füllt ihn mit heckerling und backsteinen. (Mannhardt, I. s. 289). So tief sank also macht und ansehen der hohen göttin in der vorstellung des volkes, dass die rache, die sie in ihrem zorne am menschen übte, nun umgekehrt der mensch an ihr, oder doch an einem aus ihrem gefolge nimmt.

2. Doggi.

Die krankhafte beklemmung schlafender und träumender verursachten in mythischer zeit elbische mare und nachtmare. Der ausdruck nachtmar begegnet in Churrhaetien nicht, er ist mehr im deutschen norden und an den nordküsten heimisch. Die böse handlung der nachtmar, das peinliche drücken, vollführen im benachbarten Tirol die Truden; in Churrhaetien theilt sich in dieses geschäft mit dem Schrättlig das sogenannte Doggi, von dem man auch anderwärts kunde hat. So führt es August Stöber in seinen sagen des Elsasses s. 30 auf: „In Jllzach erscheint oft ein dorfgespenst, das Doggele genannt, welches mitten in der nacht den kindern zentnerschwer auf die brust sich setzt und dieselben zu erdrücken scheint. Es ist eine art vampyr, von unbestimmter zusammengeknäulter thierform". In Graubünden wird 's Toggeli als ein hässliches geschöpf mit grossem kopf, hässlichem menschengesicht, ohne arme und beine geschildert. Es setze sich des nachts dem menschen auf die brust und verursache die bekannte angst und beklommenheit. Auch hausthiere, besonders hühner quäle es, und diess alles nicht aus bossheit, sondern es falle aus einer unbehilflichkeit so über cinen her. In Vorarlberg geberdet sich das Doggi als milchliebender hausgeist, aber böser natur. Es schleicht wie der Schrättlig nachts durch das schlüsselloch in schlafgemächer, legt sich über kinder und versucht an denselben zu saugen, so dass die brustwarzen der armen geschöpfe am morgen roth und ganz geschwollen aussehen.*) Vorzüglich aber in stülle kommt es, saugt an den kitzlein und zieht grössern ziegen die milch bis auf den letzten tropfen aus den eutern. Ein feuerstahl um den hals des kindes oder kitzleins gehängt, sichert letztere gegen die gewalt dieses dämons. Wenn man die gaiss durch einen sogenannten Doggi-stein melkt, so ist sie für immer vor dem Doggi sicher. Der Doggi-stein ist von mässiger grösse, plattrund, und hat in der mitte ein rundes loch; gefunden wird er nur von einem glückskinde. — Wie der Schrättlig in beziehung zu Berchta steht, so allem anscheine nach das Doggi zu Donar. Überhaupt muss nach Grimm (I. 429) ein näherer bezug der elbe zu dem donnergotte dagewesen sein. — Immerhin bleibt die vorliebe des Vorarlbergischen Doggi zu Donar's heiligem thiere, zur gaiss (bock) bemerkenswerth, und gemahnt nicht auch das melken der gaiss durch den Doggi-stein an Donar's melken der wolkenziegen? (Vgl. Mannhardt, I. 195).

Eine eigene affaire hat einmal der alte Winkler in Montavon mit dem Doggi gehabt. Winkler ist nun längst gestorben, war aber bei lebzeiten ein baumstarker mann. Er erwartete einmal eines abends das Doggi und sagte daher zu seinem weibe: „heute lege dich zum ofen und halte ein licht bereit; ich lege mich in's bett und erwarte das Doggi; kommt es, so packe ich es, und du eile dann mit dem lichte herbei und zünde, wie denn das ding ausschaut". Winkler legte sich zu bett und sein eheliches gemahl zum ofen. Nach einer weile kam wirklich das Doggi zu Winkler's bett, krabelte vom fussbrette des bettes hinauf zu Winkler's brust, der aber nicht faul, erfasst es mit beiden händen und merkt allsogleich, dass er es an zwei grossen zöpfen erwischt habe

---

*) In Aarau sagt ein ammenspruch: „das kind bekommt eine *geschwollne brust*, so oft eine hexe durchs schlüsselloch in die schlafkammer fährt". (Rochholz, s. 335).

und ruft dem weibe; als aber das weib mit dem lichte zum bette kam, vermochte Winkler das Doggi unmöglich mehr zu halten und musste es laufen lassen; es huschte windschnell zur thüre hinaus und man sah noch wie es seine zwei fliegenden riesenzöpfe auf der eiligen flucht um die thürpfosten schlug.

In Gallenkirch, auch in Montavon, kroch vor zeiten das Doggi durch ein astloch in die kammer eines bauers. Der bauer, der es merkte, war flugs bei der hand und schlug einen zapfen in das astloch*) und da stand plötzlich ein prächtigschönes weibsbild vor ihm. Er stellte es als magd an und die magd diente ihm viele jahre treu und redlich. Im laufe der zeit wurde der zapfen in der kammerwand locker und immer lockerer und fiel endlich ganz heraus. Da schlüpfte die Doggi-magd wieder zum astloch hinaus und ward von der stund an nicht mehr gesehen.

Ein herr hatte einmal eine magd, die bleichen aussehens

---

*) Das volk schreibt den elben die *astlöcher im holz* zu und glaubt, dass sie selbst hindurch kriechen. (Grimm, I. 430). Ja selbst der schwarze tod, die pest, ist einmal durch ein solches astloch gekrochen. Zur pestzeit lebten im dorfe Fanas zwei brüder. Diese gruben ein loch in die wand ihrer stube und sperrten da ihr antheil pest ein, schlugen dann einen hölzernen nagel drüber und giengen ins ausland, bis die pest vorüber und alles wieder ruhig geworden war Als sie nach langem heimgekommen waren, zogen sie aus muthwillen den nagel aus der wand; da kroch die eingesperrte pest heraus und tödtete sie auf der stelle. — Tod und pest berühren sich vorzüglich mit den halbgöttlichen valkyrien und nornen; ihr wesen ist aber auch dem der elbe, hausgeister und genien nicht unverwandt. (Grimm, I. s. 814). — Es stehe zum beweise hier noch eine pestsage. Zur pestzeit giengen zwei *gespentische kleine wesen* beim felsenbach hinein ins Prätigäu. Das eine trug eine schaufel, das andere einen besen. Als sie zur schmalen felsenpforte ins thal hineinschauten, sagte das eine: geh' du rechts der Landquart und *schaufle* die leute herab; ich gehe links der Landquart und *wische* die leute herunter. Sie thaten es und damit begann die pest. —

Während in Churraetien das Doggi nur einzeln auftritt und meistens das geschäft des alps übt, heissen nach der versicherung A. Jahn's (der konton Bern, s. 279) in Boltigen die zwerghaften bergmännchen *Toggeli*, d. i. kleine leutchen. Eine höhle, worin sich eine natürlich ausgehölte kanzel befindet, heisst Toggeli-kirche; eine in der kirchgemeinde Zweisimmen gelegene waldung heisst Toggeligraben.

war und bekümmerten herzens schien. Der herr, dem endlich das zerstörte wesen seiner dirne auffiel, fragte sie um die ursache, und sie klagte, sie müsse Doggi sein und allnächtlich einen oder den andern menschlichen schläfer im bette drücken, erlöst könnte sie nur werden, wenn sie sein schönstes ross zu tode drücken dürfte. Der herr gestattete das und die dirne gieng in den pferdestall hinaus und drückte das schönste ross ihres dienstgebers zu tode und durfte von der zeit an nicht mehr Doggi sein.*)

3. Fänken.

Eine interessante dämonen-gruppe bilden die fänken, von denen in Vorarlberg und Graubünden zahlreiche sagen erzählt werden. Auch im nachbarlichen Tirol, in Patznaun, im Stanzer- und Oberinnthale erweitert sich nach dem berichte des herrn von Alpenburg der kreis der dämonischen wesenheiten sehr bedeutend, sowohl in weiblichen, als in männlichen gestalten. Unter den ersteren stehen die fanggen voran, die wildfrauen, von der sage nicht selten den riesen als deren weiber zugetheilt, aber eigentlich doch eine sippe für sich bildend, auf eigene hand lebend und erscheinend; ihr ganzes wesen ist so recht eigentlich unhold, und ihr erscheinen grauenhaft. Sie heissen auch wildfangg, wildeweiber, in der einzahl fangga, fanggўn, böses waldweib.**) Ihre gestalt schildert die sage schauerlich, riesengross, am ganzen körper behaart, geborstet, das antlitz verzerrt, der mund von einem ohr zum andern gezogen, das schwarze haupthaar hängt voll baumbart, (altersflechte — lichen barbatus L.), und reicht rauh und struppig über den rücken herab; im zorne sträubt sich's wild empor wie furiengelock. Die augen sind dunkel und nachtschwarz wie kohlen, glühen aber auch zu zeiten und sprühen blitze; die stimme ist mannesstimme, rauh und ungefüge. Ihre

---

*) Ebenso reiten die nachtmare nicht allein menschen, sondern auch pferde. (Grimm, II. s. 1193. Vgl. auch Alpenburg: „die trude zu Unterholz", s. 301).

**) Schmeller I. s. 543 kennt ein *fänkel*, hexe, unholdin.

kleidung sind schurze von wildkatzen-pelzen, joppen von baumrinden, und zottelschurze von füchsen und anderm gethier. Die **fangg** ist stets hungrig, absonderlich nach dem fleische der menschenkinder, die holt sie sich, wie es nur gehen will.

So schauerlich und prägnant wie dieses bild, das herr von Alpenburg von der **wildfangg** Tirol's entworfen, ist das der **waldfänken** in Graubünden und der **fenggen** in Vorarlberg freilich nicht. Die **waldfänken** hausten in den deutschen thälern Praetigäu, Schanfik, Davos, Savien und Rheinwald; die vorarlbergischen **fenggen** gehören ausschliesslich Montavon und Klosterthal an. Die sage misst den waldfänken gewaltige stärke, körpergewandtheit, schalkhaftigkeit, witz, genaue wetter- und kräuterkenntnisse, wie auch den besitz von geheimnissen der viehzucht zu, welche den zahmen bewohnern des landes theils verloren gegangen sind, theils nie zum wissen gelangten. Ihre kleidung bestand in umgeworfenen fellen von füchsen, dachsen, mardern und andern thieren, und meist kleideten sich nur die weiblichen waldfänken damit. Letztere bereiteten auch aus dem fette, dem knochenmarke und der galle verschiedener vierfüssler und zweibeiner einen firniss, mit welchem sie sich bestrichen und der sie im winter gegen kälte schützte. Die männlichen waldfänken schildert die sage über und über **behaart** und mit eichenlaub bekränzt.*)

---

*) Ein solch behaartes mit eichenlaub bekränztes bild eines waldfänken prangte nach der dankenswerthen mittheilung des herrn Sprecher von Bernegg in Jenins, in dem wappen des zehngerichtenbundes. — Dieser *waldfänke* oder *wilde mann* ist auch ersichtlich auf den Graubündnerischen Bluzgern oder $1/6$ Schweizer-bazen vom letzten gepräge. Herr Joseph Bergmann (über die münzen Graubündens, Wien, 1851, s. 36 u. 37) beschreibt einen solchen Bluzger wie folgt: Av. KANTON. GRA. au BUNDEN. Unten: AB und die jahrzahl 1842. *Wappen*, nämlich: drei je aus einer wolke gestreckte, in einander geschlungene hände (als schönes sinnbild der eintracht) halten an einem bande drei ovale, neben einander gestellte schilde. Der mittlere führt in weissem felde den rechts aufspringenden *steinbock*, für den „*gotteshausbund*"; rechts gleichfalls auf weissem schild ragt ein *gewappneter mann*, mit einem speere in den händen, als brustbild hinter einem von weiss und schwarz langab getheilten schilde empor, für den „*grauen* oder *obern bund*"; der schild zur linken führt ebenfalls auf weissem grunde

Von den **fenggen** Montavon's meldet man, sie seien **wilde leute** gewesen, am ganzen körper mit **struppigen haaren** bedeckt, so dass nur an den wangen die fleischfarbe kümmerlich durchschimmerte. Die graubündnerischen waldfänken und die fenggen Montavon's erscheinen entgegen den nur weiblichen **wildfanggen** Tirol's, in männlichen gestalten sowohl als in weiblichen. Im Praetigäu werden die weiblichen öfters auch sehr bezeichnend „waldmutern" (waldmütter) genannt, und ihre gemahle sind die „wilden männer", wie die riesen die der wildfanggen Tirols. Fenggen und waldfänken erscheinen wie die ihnen verwandten **waldleute** Grimm's (I. 451) als ein in wäldern zusammenhausendes volk, treten aber auch, besonders die weiblichen, einzeln auf. Ihre behausung ist gewöhnlich der **wald**; bekannt sind in dieser beziehung in Tirol: der grosse urwald im Urgthal, zwischen Landeck und Ladis; dann ein anderer urwald, der „bannwald" genannt, am Pillerberg im Oberinnthal; im Praetigäu die wälder um Conters; in Montavon die wälder von Gallenkirch und der „kilknerwald" in Gaschurn.

Die fänken tragen ausser dem allgemein bezeichnenden namen noch einen besondern eigenen, ihrer gewandung, ihrem wohnorte, oder einer ähnlichkeit entnommen; z. b. in Tirol: „Stuzza-Muzza" (stutzkatze, „Hochrinta" (hohe rinde), „Stutz-Forche" (stutzföhre), „Struzzi-Buzzi" u. dgl.; in Montavon hört man die seltsamen weiblichen namen: „Jochrumpla", „Jochringgla", „Muggastutz", „Rohrinda", den männlichen: „Urhans", in Graubünden den weiblichen: „Rûchrinden", und die männlichen: „Giki-Gäki" und „Uzy". Unter den be-

---

das brustbild eines nackten, *wilden mannes*, der in der rechten eine fahne, in der linken eine entwurzelte junge tanne trägt (vgl. unten s. 47 den wilden gaissler von Conters); der vor ihm stehende schild ist durch ein silbernes kreuz in vier felder getheilt, von denen das 1 und 4. blau, das 2. und 3. golden sind, für den *„sehengerichtebund"*. Früher war dieser letzte schild langab in zwei hälften getheilt, in deren vorderer das silberne kreuz mit den blauen und goldenen feldern zu sehen war, und in der hintern der wilde mann ganz mit der fahne und der ausgerissenen tanne.

R. Innerhalb zweier unten verbundenen lorberzweige steht in drei zeilen „¹/₈ SCHWEIZ. BAZEN". Grösse; 7 linien im Wiener maass; gewicht: 771½ französische milligrammes oder 180.13 Wiener richtpfennige.

kannten mythologischen gestalten sind es vornehmlich diu wildiu wîp und die rauhen waldgeister, die Grimm (I. s. 403 und 447—454) abhandelt, denen sich unsere fänken, weibliche und männliche, besonders wenn sie einzeln auftreten, an die seite stellen lassen; und wie zwischen denselben und riesen sich keine scharfe grenze ziehen lässt, so auch nicht zwischen unsern fänken und riesen. Bekanntlich betrachten die riesen die wälder als ihr eigenthum, in dem sie den menschen frei zu handthieren nur ungern gestatten. So waren auch in Tirol die in einem und demselben walde beisammen hausenden fanggen an diesen wald gebunden; wurde der wald geschlagen, so schwanden sie; starb ein baum, oder wurde er gefüllt, von dem eine fanggin den namen trug, so war auch ihr dasein dahin. Als einmal ein paar knechte im „kilknerwald" zu Gaschurn eine tanne fällen wollten, kam ein fengg durch den wald hergelaufen und rief:

„ich bin grad nett jetzt sövel jor scho alt,
as nodla hot dia tanna do im wald;
drom sind so guat, und tuand mer sie net fülla,
sos könnt ich jo mi alter nömma zälla."

(Vorarlbg. sag. s. 5). Es enthalten überhaupt die örtlichen erzählungen von den fenggen und waldfänken viele züge, die zum wesen der riesen stimmen. Die sage nennt die kraft der fenggin „Jochrumpla" geradezu „riesig". (Vorarlbg. sag. s. 4). Ein waldfänke bei Conters hütete einst einen ganzen sommer die ziegen des dorfes. Jeden morgen kam der wilde gaissler bis nahe an die häuser, um sie abzuholen, und jeden abend führte er sie bis zu der gleichen stelle, und kehrte dann wieder in den wald zurück. **Ein entwurzelter tannenbaum war sein hirtenstab.** Die söhne von Conters versuchten öfters aber vergebens ihn zu fangen. Endlich füllten sie ihm zwei brunnentröge, aus denen er zu trinken pflegte, den einen mit wein, den andern mit branntwein. Der gaissler kostete zuerst den rothen wein und rief: „rötheli, du verführst mi net"! und labte sich mit branntwein. In der darauf folgenden berauschung ward er geknebelt, und seine peiniger, denen eine alte sage bekannt war, die **fänken** wüssten aus der entzigerten molke (schotte) gold oder das lebenselixir zu bereiten, wollten ihn nicht eher freigeben, bis er ihnen ein arcanum entdeckt habe. Er versprach ihnen, wenn sie ihn losbänden, einen recht guten rath. Die Conterser burschen gaben den waldfänken frei und da gab er ihnen den rath:

„ist 's wetter gut, so nim de tschôpa mit,
iss 's aber laid, chanst thuen wi d' witt."

Nach einer andern version gab der gaissler folgenden rath: „wenn du fleisch issest, so thue es der länge nach zerschneiden und nit der breite nach, sus könntist dran ersticken".

In Luzein, im Praetigäu, steht heute noch ein stall, dessen gewaltigen hölzernen balken der urältervater des jetzigen besitzers mit hülfe seiner magd, eines waldfänken-mädchens, an ort und stelle geschleipft und zusammengefügt hat. Diese fänkin sei sehr beliebt gewesen in der familie ihres brodherrn, und gross der verdruss um sie, als sie plötzlich schied. Ihr dienstgeber nämlich berichtete einst beim abendbrod, als er aus dem berge zurückgekehrt war, eine stimme habe ihm zugerufen: „jochträger, sag der Rûchrinden: Giki-Gäki sei tod uf Hurgerhorn". Da habe die fänkin weinend den löffel hingeworfen, gejammert, ihr vater sei gestorben, und sei für immer verschwunden. Auf dem wege ins gebirg aber habe sie noch in ihrem verdruss einen gewaltigen stein, den mehrere männer nicht von der stelle gebracht hätten, mit einem stoss in den abgrund geschleudert.

Mit den riesen haben die fänken auch das nimmersatte gelüste nach menschenfleisch gemein. Von den wildfanggen Tirol's wurde dieses schon erwähnt, daher daselbst die kinder abends nicht über die thürschwelle dürfen.

Ein büeble und ein mädchen, die um erdbeeren zu pflücken, ausgegangen waren, verirrten im walde zu Conters. Es fiel die nacht ein und die zwei armen tröpfe wussten nun gar nicht mehr, wo aus und wo an. Plötzlich schimmerte ihnen ein licht entgegen und sie liefen eilends über stock und stein auf dasselbe zu und kamen in die hütte der waldfänkin. Sie klagten der wilden frau, dass sie sich beim erdbeerenpflücken im walde verirrt hätten, und in der dunkeln nacht weder weg noch steg heim zur mutter wüssten. Die waldfänkin, die aufmerksam zugehorcht hatte, erfasste die beiden kleinen und sperrte sie in die hennenkrippe. Über einer weile kam der wilde mann, der gemahl der waldfänkin, in die hütte und schnupperte aus weit geöffneten nasenlöchern, sein unförmliches breites gesicht gegen die hennenkrippe gewendet; „i schmeck, i schmeck menschenfleisch",*) grinzte er. „Du narr"! entgegnete die waldfänkin, „du schmeckst nu hennadreck". Der wilde gab sich dess zufrieden und trottete brummend aus der hütte. Darauf öffnete die waldfänkin die hennenkrippe, liess die kinder aus und führte sie zum walde hinaus bis auf den weg, der sie schnurstracks heim zur mutter führte. Kann man sich denken, wie viel das büeble und das mädchen von dem finstern walde, dem wilden manne und der waldfänkin, durch deren list sie gerettet wurden, der mutter zu erzählen hatten!

Aehnlich ergieng's auch zwei kindern in Montavon. Es war ebenfalls ein büeble und ein meiggele und dieselben begegneten einmal in einem walde beim erdbeernen einer fenggin. Diese steht an, schwatzt freundlich mit den kindern und lockt sie in ihre hütte; dort sperrt sie dieselben in den schweinstall, und will sie mästen und mit der zeit schlachten, braten und essen. Nach einiger zeit wollte dann die fenggin schauen, ob die kinder nicht schon fett genug wären. In der thüre zum schweinstall war ein astloch und durch das rief sie hinein: „büeble, reich' einmal dein zeigfingerle durch das loch heraus, ich will dir was schönes geben" und dabei trug sie ein offenes messer schon unter der schürze, um in das fingerle zu schneiden. Das büeble hatte einen schweinzahn auf dem boden gefunden gehabt und den steckte es zum loch hinaus: „se fenggi, do waer mi zaegerle"! Die fenggin merkte die list nicht und probierte mit ihrem messer an dem vermeinten speck und fleisch; aber von dem harten zahne war wenig herabzuschneiden und sie jammerte: „da mag es noch ein längeres mästen leiden". Einmal vergass sie nach dem füttern die thüre des schweinstalles zu riegeln und gieng fort in den wald. Das büeble merkte es, nahm

---

*) Ebenso wittert der indische riese *Hidimbas menschenfleisch von weitem.* (Grimm, I. 521).

sein schwesterchen an den arm, lief mit demselben zur thüre hinaus und immer weiter durch den wald, und beide kinder kamen glücklich heim zur mutter. (Vorarlbg. sag. s. 8 u. 9). Wie die riesen hassen die fänken das glockenläuten. So seien namentlich die waldfänken aus der nähe von Furna, im Praetigäu, durch das erste läuten der neu angeschafften glocke für immer vertrieben worden.

Es wurde oben auf seite 48 erzählt, dass in Luzein ein waldfänkenmädchen bei einem Praetigäuer bauer im dienste stand, und ihm unter anderm einen stall zimmern half. Ebenso war die fenggin „Jochrumpla" beim Hanskasper in Gallenkirch (in Montavon) jahr und tag lang magd (Vorarlbg. sag. s. 4); und eine andere fenggin „Jochringgla" diente im Marlin'schen hause, auch in Gallenkirch, „Muggastutz" in einem hause am Ziegerberge in Tschagguns, und „Rorinda" endlich bei einem wirthe zu Bratz im Klosterthale. (Vorarlbg. sag. s. 13). Auch die wildfanggen in Tirol pflegten ihre kinder, wohl nur um sie vor dem gelüst und hunger ihrer scheusslichen gemahle zu bewahren, in menschenwohnungen einzuthun, bis jene gräuel tod waren. Herr von Alpenburg bemerkt dazu: „dadurch, dass fanggenkinder (meist nur töchter) in bauernhäusern erwuchsen, und in guter sitte aufgezogen wurden, auch als mägde treu und fleissig dienten, schlug sich zwar eine culturbrücke vom menschengeschlechte zu diesem weiblichen riesengeschlechte hinüber, aber keine feste, denn die fanggentöchter bequemten sich nicht zum christenthum, beteten nicht, giengen nicht in die kirche und hatten die möglichste scheu vor dem heiligen kreuzeszeichen — mit einem worte, sie bewahrten ihre altdämonische natur."

Die spätere zeit schwächte das hochgewaltige, übermächtige wesen der fänken bedeutend ab. Aus den riesigen „waldmutern" wurden kleine waldweibchen, und statt dem gewaltigen waldfänken-gaissler, dessen stab eine ganze tanne war, begegnet man nunmehr einem kaum drei schuh hohen „wilden fänkenmannli", das um ein näpfchen milch dem bauer die kühe hütet. Diese abgeschwächten und verkümmerten fänken vertauschten denn auch ihre frühern ursprünglichen wohnsitze, die mächtigen urwälder mit finstern höhlen (in Graubünden „balma" genannt) und löchern; daher die ausdrücke: „fenggalöcher", „fenggatöbler" und „'s wild mannlis balma". Aber auch weit über dem waldwuchse, auf luftigen bergesspitzen und hohen alpenrevieren schlugen einige ihre behausung auf. — Es verwirrten sich sohin die fänkensagen allmählig so mit einander, dass man die dämonischen wesen, die unter dem namen fänken in bäuerlichen sagen begegnen, zu den zwergen, elben, hausgeistern u. s. w. zählen muss. So sind namentlich die sogenannten „rutschifenggen" des vorarlbergischen Klosterthales den zwergen anzureihen.

Es waren die „rutschifenggen", wie die sage meldet, „rothhäsige" kleine kleine leutchen, männlein und weiblein, sie hatten ihre wohnungen in höhlen, in den sogenannten „rutschifenggen-löchern", und ihre tische und bänke waren künstlich aus marmelstein ausgehauen. Eine hauptniederlassung hatten diese leutchen im „rutschifengga-loch" über dem dorfe Bratz, einer heute noch vorhandenen geräumigen felsenhöhle mit weitem buschumwachsenen eingange. Aus derselben stiegen sie bisweilen auch auf die oberwelt, an das liebe sonnenlicht und hängten blüthenweisse wäsche zum trocknen aus, oder sie kamen zur zeit der heuernte auf wiesen und halfen den Bratznern mähen und rechen, und die arbeit gieng ihnen zum staunen flink von händen und wenn sie auch den ganzen lieben tag unverdrossen gearbeitet hatten, wollten sie abends doch nie einen taglohn annehmen. (Vorarlbg. sag. s. 12).

Ganz nach einer zwergsage klingt es, wenn erzählt wird, dass ein wildes fänkenmannli, das zuhinterst im Savienthale auf der Valätscher-alp in einer balma hauste, einmal nachts zu dem hofe, der „bühel" genannt, kam, daselbst leise an die hausthür klopfte und die herausschauende hausfrau inständig bat, sie möchte seinem weiblein auf Valätscha in seinen geburtsnöthen beistehen. Die gute frau willfahrte der bitte und folgte dem wilden mannli bis in seine balma, leistete dort der kreissenden beistand und hatte die freude, alsbald allerliebste zwillinge in empfang nehmen zu können. Die zwei neugebornen waren schon gleich nach der geburt ungemein lebendig und rührig, zappelten mit händen und füssen und begannen am boden herumzukriechen. Als sich die Bühel-frau wieder entfernen wollte, hiess sie das mannli vorerst noch ihre schürze mit kohlen füllen, und sie dann daheim auf den feuerherd legen. Die frau that es auf wiederholtes zureden, liess dann aber aus der nachlässig aufgeknüpften schürze unterwegs fast alle kohlen herausfallen. Da rief das mannli: „je mehr zerzas'st (zerstreust) je minder d' hast". Als dann die frau zu hause die einzige ihr in der schürze übrig gebliebene kohle nach der weisung des mannli auf den feuerherd legte, so ward sie zu purem gold; eilig lief sie den weg zurück, um die verlorenen zu suchen, konnte sie aber nicht finden. — Wie also die zwerge in gewisser lage des rathes und beistandes der menschen bedürfen, und immer durch geschenkte kleinode belohnen, so auch das völklein der wilden fänken.

Wie ferner die zwerge über fluh und tobel springen und nicht ermüden vom steigen der jähen wände, so sind auch die fänkenmannli in Graubünden im stande, der schnellsten gemse, ohne zu ermüden, schritt zu halten. Auch die weiblein konnten die steilsten bergwände erklimmen, und hatten sie etwa ein kind mitzunehmen, so banden sie sich dasselbe mittelst ihrer langen, hellblonden, fast silberweissen haare auf dem rücken fest; kinder, die neben ihnen herliefen, banden sie an ihren ärmlein fest. Zu dieser tüchtigkeit im steigen und springen gelangten sie vorzüglich durch das herausschneiden der milz, welches sie an ihren kindern mit grosser kunstfertigkeit bewerkstelligten, und wodurch sie das im laufen so hinderliche milzstechen oder „milzschnîda" für immer beseitigten. Nicht minder trug zu ihrer bewundernswerthen fertigkeit im laufen über felswände und im springen über abgründe ihre nahrung bei, die hauptsächlich milch gezähmter gemsen war. Schon die neugebornen kinder liessen sie an gezähmten gemsen saugen. Der genuss solcher milch benahm ihnen den schwindel. Rohe nahrung, namentlich die bei den bauern gewöhnliche, verschmähten sie durchschnittlich, gleichwie die zwerge die schädliche menschliche, den tod herbeiführende nahrung meiden (Grimm, I. 427). Ausser gemsenmilch genossen sie auch eier von schnee- und perlhühnern, und zur sommerszeit waren ihnen die heidelbeeren ein leckerbissen, wesshalb man auch in den „balma' und auf bergeshöhen so viele blaue steine, hin und wieder mit weissen milchstreifen besetzt, noch findet, welche nichts anderes sind, als versteinerte excremente der von gemsenmilch und heidelbeeren lebenden fänken. Aus der gemsenmilch bereiteten sie auch kleine käslein, die zuckersüss waren und einem im munde fast vergiengen. Ein armes büeble bekam einmal davon zu kosten.

Ein wildes fänkenmannli hauste nämlich einst in der felshöhle Trockenstein oberhalb Camana in der mitte des Savienthales, allwo es sich eine hübsche gemsekäserei eingerichtet hatte. Es hatte eine grosse schaar der schlanken gratthiere gezähmt, so dass sie morgens und abends von selbst in die höhle kamen und sich melken liessen. Ein armes einäugiges kind des thales, welches die ziegen hütete, fand in der höhle bei schlechtem wetter zuflucht und speise. Die gemskäslein seien so süss, dass sie einem im munde zergehen, sagte es einmal seinem bruder. Dieser fragte, wie sie denn bereitet würden. Diess sei das geheimniss des wilden mannlis, antwortete das kind; es müsse immer, wenn dieses mit dem käsen beschäftigt sei, sich unter einen haufen heidekraut verkriechen; dann singe das mannli: „einäugelein, schlaf ein", wache es wieder auf, so sei das käslein jedesmal fertig. Als der unartige bruder diess vernahm, zwang er das kind, ihm seine kühe zu hüten und mit ihm die kleider zu tauschen. Darauf gieng er in den kleidern seines bruders selbst in des wilden mannlis höhle. Da sah es recht sauber aus, grünes keidekraut lag über dem boden ausgebreitet, ringsum auf einem steingesims standen kleine gebsen (milchgeschirre) aus tannenholz, die mit gemsenmilch angefüllt waren; kessel und herd waren nirgends zu sehen. Das wilde mannli hielt den buben für sein einäugelein, scharrte das heidekraut auf einen haufen zusammen, liess ihn darunter kriechen und sang sein: „einäugelein, schlaf ein". Der schalkhafte bube schloss das eine aug zu und guckte mit dem andern unter dem heidekraut hervor. Als aber das mannli das muthwillige, offene auge gewahr wurde und den trug einsah, gerieth es in zorn und warf die gebsen sammt deren inhalt dem buben an den kopf. Hierauf verliess es mit seinen gemsen die höhle auf immer.

Ihre grosse und ungewöhnliche kenntnisse in der viehzucht und alpenwirthschaft bekundeten die wilden fänkenmannli auch dadurch, dass sie es verstanden, wie oben schon erwähnt wurde, aus der schotta, die man sonst nur den schweinen zu geben pflegt, gold zu bereiten. Ein senn wäre bald einmal hinter das geheimniss gekommen.

In einer alpe des Praetigäu lebte nämlich einmal ein wildes fänkenmannli mit dem senn auf sehr vertrautem fusse und empfieng von demselben gar mancherlei geschenke und gaben. Um sich dem senn für die empfangenen wohlthaten dankbar zu erzeigen, sagte es einmal zu ihm: heute soll er es käsen lassen und soll ihm zuschauen, aber dabei kein wort sprechen, bis es fertig sei. Der senn geht den vorschlag ein, setzt sich auf einen melchstuhl und schaut dem mannli zu. Dieses macht alles in der ordnung, und zuletzt, als es nach der meinung des sennes fertig war, stellt es den kessel mit der schotta wieder über das feuer und schickte sich an, von neuem zu manipuliren. Nun aber fieng der senn überlaut an zu lachen und über das mannli zu spotten, dass es aus der schotta noch einmal käsen wolle. Da legte das mannli die kelle bei seite und sagte:

„wenn d' nüt weisst
so seist" —

und eilte fort und liess sich nicht wieder sehen. Hätte der senn geschwiegen, wie die verabredung lautete, so hätte er sehen und lernen können, wie das mannli aus der schotta eitel gold bereite.

Auch treffliche wetterpropheten waren die fänkenmannli, was eine frau auf Camana, in der mitte des Savienthales, genugsam erfahren konnte.

Die war just am käsen, hatte gerade den kessel mit der milch über dem feuer, und die milch fieng an, heiss zu werden. Da flog plötzlich ein lederkäpplein in die küche hinein. Sie trat unter die hausthür, um zu sehen, wer da sei, und da sass ein fänkenmannli vor der thüre, das bat sie recht inständig um einen trunk milch, aber doch ja geschwind, denn es habe noch weit heim, und es drohe ein furchtbares gewitter. Die frau lachte und wollte es nicht glauben; der himmel war klar und die familie der frau vollauf mit der heuernte beschäftigt. Gleichwohl schöpfte sie milch aus dem kessel und brachte sie dem mannli; das sagte aber: „ei frau, gebt mir doch ein grössers gebsi, damit die milch geschwinder kühl wird. Die frau willfahrte und lachte, als sie sah, wie das mannli in grösster eile die milch in dem grössern geschirre umschwenkte, und wie es hastig hineinblies, damit sie schneller erkalte, und wie es sie nach und nach in gierigen zügen hinunter schlürfte und dann in grösster eile davon- und den berg hinanlief. Bald hätte es auf der eiligen flucht sein lederkäpplein vergessen, wenn die frau es ihm nicht nachgeworfen hätte. Die frau käsete vorwärts, aber schon nach einigen minuten zog eine schwere gewitterwolke über das Gletscherbachhorn herein, und es fieng an zu blitzen und zu donnern und über die familie der frau und ihr heu in strömen zu regnen. — Das lederkäpplein, das so unvermuthet in die küche hineinflog, bringt die nebel- oder tarnkappe der zwerge ins gedächtniss.

Gleich den zwergen sind die fänkenmannli der geheimen kräfte der pflanzen kundig.

Zur zeit, als die pest, unter dem namen „der schwarze tod" in Graubünden grassirte und unzählige opfer forderte, so dass ganze höfe ausstarben, machte man die beobachtung, dass gar keine fänkenmannli oder wibli von der seuche hingerafft wurden, und kam zu dem schlusse, dass dieselben ein geheimmittel besitzen müssten. Ein bauer wusste endlich mit list dieses geheimmittel aus einem fänkenmannli heraus zu kriegen. Dieses mannli zeigte sich oft auf einem steine, der in der mitte eine bedeutende höhlung hatte. Der bauer, dem dieses lieblingsplätzchen des mannlis wohl bekannt war, gieng und füllte die höhlung des steines mit gutem Veltlinerwein, und verbarg sich in der nähe. Nach einer weile kam das mannli zu seinem lieblingsstein und sah ganz verduzt drein, als es die höhlung desselben mit dem funkelnden nass angefüllt traf. Es bückte sich dann mehrere male mit dem näschen über den wein, um wenigstens den geruch des rothen dings zu kosten, hob dann wieder den kopf, winkte mit dem zeigfingerle und rief; „nein, nein, du überkást mi net!" Endlich einmal, als es sich ganz nahe über den wein gebeugt hatte, blieb ein tröpfchen wein am schnäuzchen hängen; dieses tröpfchen leckte es mit der zunge ab; da stieg die begierde und es sagte zu sich selbst: „ei, nur mit einem finger tunken darfst du schon". Gesagt, gethan, es leckte das fingerle wohl hundert mal ab, wurde dabei immer lustiger und fieng nachgerade an, allerlei dummes und gescheides zeug vor sich hin zu schwatzen. Da trat der bauer aus seinem verstecke hervor, und fragte das mannli: was gut sei gegen die pest? „Ich weiss es wohl — sagte das mannli — eberwurza und bibernella — aber das sage ich dir noch lang nit." Jetzt war der bauer schon zufrieden, und nach dem gebrauche von eberwurz und bibernell starb niemand mehr an der pest.

Auch noch auf viele andere künste und kunstgriffe verstanden sich diese mannlis; sie wurden ihnen von den menschen entweder, wie obiges heilmittel gegen die pest, mit list entlockt, oder sie theilten dieselben freiwillig mit.

In alter zeit bohrte man die wasser-teuchel nur von einer seite, und da wurden sie natürlich sehr kurz; ein fänkenmannli gab nun einmal den rath, das holz umzukehren und auch von der andern seite zu bohren. Ebenso pflegten vor altem die holzfäller, wenn der baum fiel, davon zu fliehen, wobei sie dann öfters von den ästen des sinkenden baumes noch erwischt und arg beschädigt wurden. Da gab wieder einmal ein fänkenmannli den rath: wenn die tanne sinken wolle, soll der füller beim stocke stehen bleiben, und nur schauen, wohin sie falle und dann bloss auf die seite weichen, so könne er weder vom stamme noch von den ästen getroffen werden. — Wie die zwerge nach dem zeugnisse Grimm's (I. s. 439), wo sie in sagen und märchen einzeln neben menschen auftreten, kluge rathgeber sind, so auch die fänkenmannli. Öfters steckt in dem rathe, den sie geben, etwas launiges und neckisches.

Die gemeinde Tenna, in Graubünden, fieng einen grossen bären, der ihr viel schaden zugefügt hatte; sie wollte ihn dafür grausam bestrafen, um an dem wilden brummer für immer ein exempel zu statuiren; da trat ein wildes mannli unter die versammlung und sagte: 's grûsigst ist, lant e hurôtha; (das grausigste ist's, wenn ihr ihn heirathen lasst).

Die sentenz des wilden mannlis wurde von nun an im munde des volkes ein sprichwort (mitgeth. von Pl. Plattner). — Als einmal in Gaschurn, in Montavon, ein weib auf einer wiese mähte, kam ein fengga-wîble des weges und fragte das weib: „haut d' saegess?" Das weib sagte: ich kann's nicht loben, sie will nicht recht hauen. Da sagte das wilde wîble: „um eine bache speck und ein paar eier will ich dir einen rath geben, und wenn du ihm folgst, haut die saegess wie gift." Das weib holt der fenggi eine bache speck und ein paar eier und erhält von derselben den rath: „dengla-n-amôl, wetz amôl dernô würd's schnîda." (Vorarlbg. sag. s. 5 u. 6).

In ihrem verkehre mit den menschen machen die fänkenmannli wie die zwerge oft bittere erfahrungen, denn nicht immer tragen sie dank als lohn für ihren freundlichen beistand und ihre gutmüthigkeit, wie auch für ihre weisen räthe davon. Viele sagen berichten, wie man sie gefangen genommen und auch sonst auf alle mögliche art malträtirt habe.

So fieng gerade ein mann aus Parpan, ob Churwalden, ein fänkenmannli mittelst der schlinge eines heuseils. Das gefangene mannli machte zwar die possierlichsten sprünge und die verzweifeltsten versuche zur flucht, doch alles half nichts, es konnte sich nicht befreien. Da sagte es zu seinem peiniger (er hiess Tamerlan) halb zornig, halb wehmüthig:

„Tamerlan
hättest du schröpfen und z' ader glân,
wie an andra man,
so hättest du mi nit gfân." *)

Ein waldfänkenweiblein, oder ein waldmütterchen, sah einmal neugierig einem manne zu, der in einem walde bei

---

*) Das schröpfen und aderlassen war früher in Churrhaetien ungemein im schwunge, und man glaubte nicht gesund sein und bleiben zu können, ohne jährlich wenigstens einmal sich blut abzapfen zu lassen. Die schröpferinnen machten dabei die besten geschäfte und wussten durch allerlei erzählungen und bemerkungen diesen schädlichen aberglauben aufrecht zu halten. Der Tamerlan aber liess nie einen schröpfstock sich ansetzen und blieb doch gesund, und das wilde mannli scheint seine gesundheit und stärke gerade diesem umstand zuzuschreiben.

Churwalden latten spaltete. Es sass an einen baumstamm gelehnt, und da rief ihm der mann, es möchte ihm doch ein wenig helfen und die latten auseinander halten. Das mütterchen kam ganz bereitwillig und half aus allen kräften. Plötzlich aber zog der mann die axt, die latten klappten zusammen und klemmten dem waldweiblein eine hand so ein, dass es dieselbe nur mit zurücklassung dreier finger wieder herausziehen konnte. — Ein anderes mal, es war auch in Churwalden, half ein wildes fänkenmannli einem armen manne holz spalten; diesem gelang es, das gutmüthige geschöpf zu bereden, sich selbst in eine holzspalte einzuklemmen; dann liess er es im stich. Das wilde fänkenweiblein kam dazu, sah des männleins noth und sagte: „selb than, selb han". Ganz dasselbe passirte auch einer fenggin zu Gaschurn, im Montavon, und der hinzukommende fengg rief ebenfalls: „selb thô, selb hô". (Vorarlbg. sag. s. 9 u. 10). Mit den zwergen haben endlich die fänken auch das gemein, dass sie wolgestalte kinder der menschen aus der wiege entwenden und an deren stelle w e c h s e l b ä l g e, d. i. ihre eignen hässlichen legen, um ihre art durch das entwendete menschliche kind grösser zu ziehen, welches sie nun bei sich zu behalten meinen und wofür sie ihr eignes kind hingeben. — Einem Klosterser war sein neugebornes kindlein verschwunden und dafür ein hässlicher wechselbalg in die wiege gelegt worden. In seiner trostlosigkeit wandte er sich überall hin um rath, und da hiess es: er solle zu einer gewissen zeit den wechselbalg auf den herd legen und rings um ihn herum gebrochene eierschalen aufstellen. Als er das befolgt hatte, fieng der wechselbalg an zu reden und rief:

„jetzt bin i sövel und sövel alt
und han die Boschga füfmal gsähn in wies und wald,
aber nie noch sövel guckhäfeli uf einem herd."

Zugleich sprang die hausthüre auf und ein fänk stürzte mit dem rechten kinde herein, legt es auf den herd, um ebenso schnell mit dem wechselbalge davon zu eilen. — Die Boschga ist eine von der Lanquart zwischen Klosters und Serneus gebildete insel. — Gerade diese art und weise, wie man sich den von fänken gelegten wechselbalg vom halse schaffen

kann, kommt in zahlreichen zwergsagen vor. Immer kommt
es darauf an, den wechselbalg zum selbstgeständniss seines
alters, folglich der vertauschung durch ein seltsames vornehmen zu bringen. (Vgl. Grimm, I. s. 437).

Aehneln also die fänkenmannli und weiblein in vielen
zügen den zwergen und zwerginnen, so gehen wieder andere
sagen, in denen sie sich mehr den elben nähern.

In Gaschurn rief einmal ein fenggenmännlein:

„dom uf der Bitriolerspitz,
do honi min sitz,
do honi mi hûs,
do sahi überal ûs!"

(Vorarlbg. sag. s. 5), und dieser auf luftiger höhe thronende
fengg gleicht sicherlich mehr einem lichtelb. — Wir wissen,
dass die elbinnen schönen jünglingen nachstellten. So liebte
auch in Praetigäu eine fänkin einen jüngling, der den herbst
auf einem berggut mit fütterung des viehes zubrachte. Sie
gab ihm mittel und kräuter an die hand, dass die kühe bei
einer dem gewöhnlichen brauch gegenüber sehr geringen
menge futter herrlich gediehen. Sie verliess dann aber den
geliebten für immer, als sein vater ihn einmal auf dem berggut besuchte.

Endlich übernehmen die fänkenmannli nicht selten auch
noch die rolle der hausgeister und kobolde. Letztere
tragen bekanntlich von selbst den menschen ihre dienste an,
entgegen den genien der berge (zwerge) und wälder (waldleute), welche durchgängig nur gezwungen den menschen
nahen. Zumeist helfen die hausgeister und kobolde den
menschen im stall, in scheune und keller, in der küche und
am herde. Die fänkenmannli in Churrhaetien übernahmen
besonders gerne die hut der heerden auf alpen und in maisässen, daher sie auch öfters „wilde küher" genannt wurden.
Doch auch den gewöhnlichsten stallgeschäften unterwarfen
sie sich, fütterten und tränkten, putzten und striegelten nach
schönster art, oft ganz ohne lohn, und oft nur um ein näpfchen milch; durch als lohn hingelegte kleider aber wurden sie verscheucht.

In Maladers, im Schanfikerthale, hütete ein fänkenmannli

längere zeit einem bauer die kühe und besorgte auch in seiner abwesenheit sämmtliche stallgeschäfte. Der bauer gab dem wilden hirtchen und zeitweiligen futterknechtlein nur den s c h a u m d e r m i l c h *) zum lohn, und als er ihm auch einmal in einem gebsi m i l c h vorstellte, so machte es sich auf und davon und kam nicht wieder.

Anders machte es ein fänkenmannli in Savien, zuhinterst im thale. Das hütete auch einem bauer mehrere jahre die kühe und nahm dafür allabendlich ein hingestelltes näpfchen milch in empfang, die es leidenschaftlich liebte. Die ihm anvertraute herde kühe vermehrte sich wunderbar und gedieh prächtig, und so lange sie unter seiner hut stand, fiel kein einziges stück. Die frau des bauers verfertigte nun einmal ein paar lederne kurze höslein, zog r o t h e s c h n ü r e hinein und legte sie als lohn dem kühhirtlein hin. Das hirtlein konnte mit dem ding zuerst gar nicht zurecht kommen und schlüpfte mit den ärmlein hinein, als es ihm so nicht passte, steckte es seine füsschen hinein, betrachtete sich ganz wohlgefällig, warf dann seinen hirtenstab weit von sich, lief davon und kam nicht wieder.

In Monbiel hütete ein solches mannli jahrelang die heimkühe. Man trieb sie ihm morgens hinaus bis zu einem grossen stein, wo es dieselben in empfang nahm, und abends brachte es sie wieder bis dorthin zurück. Zu den wohnungen kam es niemals. Man legte ihm öfters geschenke auf den

---

*) Es wurde auf seite 52 schon gesagt, dass die fänken gleich den zwergen rohe menschennahrung verschmähen und nur von *milch* des edlen gratthieres, der gemse, den eiern von *schnee-* und *perlhühnern*, ganz besonders aber von *heidelbeeren* leben. Wohl der enthaltsamste aller fänken ist das mannli von Maladers, das nur *milchschaum* schlürft. Diese mässigkeit theilen die fänken mit den göttern und wie dieselben nicht ihrem wesen nach unsterblich waren, sondern sich diese eigenschaft erst durch enthaltsamkeit von speise und trank der menschen und den genuss himmlischer nahrung erwarben und sicherten (Grimm, I. s, 295), so scheinen die fänken manche jener eigenschaften, welche sie über gewöhnliche Rhaetier, die nur dem gaumen fröhnen, erheben, ihrem naturgemässen und enthaltsamen leben zu verdanken. Nur wenn der mensch dem weisen winke der natur in allem getreulich folgt, gewinnt er macht über die fänken, so jener Parpaner Tamerlan (siehe oben s. 57), der sich von dem unsinnigen schröpfen und aderlassen fern zu halten wusste.

stein, unter anderm stellte man ihm einmal ein schöpple Veltliner hin. Das mannli betrachtete den wein lange, und besann sich fast ängstlich, ob es ihn trinken wolle, endlich setzte es ganz vorsichtig die lippen an, und da mundete ihm der wein äusserst gut und es trank das ganze schöpple. Ein anderes mal stellte man ihm ein p a a r s c h u h auf den stein. Das mannli schaute ganz verwundert drein, und versuchte die schuhe über den kopf anzuziehen. Nach und nach aber wurde es so pfiffig, dass es seine füsse hinein steckte. Als es dann zu gehen versuchte, fiel es zuerst um und kugelte über und über; erst mit der zeit lernte es in den neuen schuhen gehen und verschwand sofort für immer. Dieses mannli hiess „Uzy", und der stein trägt jetzt noch den namen „Uzystein".*) — In Conters diente auch jahrelang ein solch „wilder küher". Als man ihm dann einmal zum lohn und dank ein rothes jäckchen hinlegte, so zog es dasselbe an, betrachtete sich in dem neuen stàt und sang:

„was wett au so weideleman
meh mit den kühen z' weidele gan."

Ein fenggenmännlein in Montavon, dem es ebenso ergangen war, rief:

„a so en schoena wêcha mà
nömma hüeta kâ."

Beide sprangen dann davon, und liessen sich keinem auge mehr sehen. **) — Man weiss, dass faules und fahrlässiges

---

*) Nach der freundlichen Mittheilung des herrn pfarrers *Kind* in Saas befindet sich tief im walde bei Saas ein „fänkenstein", bei dem die jungen kindlein von den wehmüttern geholt werden.

**) Dergleichen reime, die der auf gebotenen lohn entweichende hausgeist, singt oder spricht, sind hier zu lande ziemlich zahlreich. Auf Profatscheng bei Schân (Liechtenstein) wohnte der sage nach ein wildes wännlein, welches den landleuten das vieh hütete. Da es ganz nackt war, hatten die leute mitleid mit ihm, zumal in winterszeit, und verehrten ihm ein kleid. Aber das männlein gab den guten leuten zur antwort:

„wilda mâ
chleid nit lîda châ",

und begab sich hinweg. — Auf dem Longa bei Satteins erhielt ein elbisches futterknechtlein, das einem bauer den stall gereinigt, die gesinde von hausgeistern vieles zu leiden hat; es wird von denselben auf alle mögliche art geneckt und durch schadenfrohes gelächter verhöhnt.

Ein fänkenmannli im Praetigäu flocht körblein aus moos und hieng sie den erwachsenen mädchen des thales vor die fenster. Denen, die ihr körblein hübsch bewahrten, füllte es dieselben zuweilen nachts mit schönen erd- und heidelbeeren; diejenigen, die ihre körblein verderben liessen, wurden, wenn sie auf dem felde bei der heuernte waren, mit faulen pilzen beworfen. Dabei hörten sie des wilden mannlis helles gelächter, ohne es selbst zu sehen oder sich vor seinen schwämmen schützen zu können. Heute giebt es keine fänken mehr. *)

---

kühe gefüttert, getränkt und gestriegelt hatte, von seinem herrn ein rothes tschoeple; da rief es aber:

„i hübsch hübsch mâ,
i bui bui mâ,
i nens tschoeple â.
i furt gô,
i numma kô",

und lief davon und kam nicht wieder. Ebenso rief in Gaevis ein schweinhirtchen, nachdem es in das hingelegte rothe jäckchen geschlüpft war: „i bibi-bue — i numma schwi hüeta tue — i gô". (Vorarlbg. sag. s. 15).

*) Die sprache der waldfänken war durchschnittlich gutes Graubündner deutsch, wie aus obigen reimen der entweichenden hirten und futterknechte entnommen werden kann; doch kamen in ihrer sprache auch ganz eigenthümliche worte und wortformen vor; so hiess bei ihnen die gemse: „gazi", eine frau „muter", ein mann „bamba", ein mädchen „puppa", ein ganz junges mädchen „landla", ein knabe „masi", gutes wetter „heitrige", schlechtes „rühe", eine höhle „balma"; für gehen hatten sie kein wort, weil sie stets liefen; laufen hiess „gamben", essen „worgen", trinken „schlucken".

Merkwürdig bleibt eine stelle in Plinius dem jüngern (libr. 7, cap. 23), die ohne grossen zwang auf die zwergartigen und koboldischen waldfänken bezogen werden kann. Sie lautet: „Summae et praecipites *Rhaeticarum alpium* vertices partim indigenis incoluntur, nunquam conubiis aliarum gentium mixtis. *Parvuli* sunt, ignari et *imbelles, fugaces velocesque* veluti rupicaprae, *quia infantes illarum uberibus aluntur. Subterraneas specus* aperire solent, veluti mures alpini, suffugia hiemi et receptaculn cibis." etc.

Mehrere mittheilungen über die *waldfänken* Graubündens erhielt ich durch die güte des herrn *Sprecher von Bernegg*, bundesstatthalters in Jenins, dem ich hiemit meinen verbindlichsten dank ausdrücke.

Werfen wir nun noch einen blick auf die **geographische verbreitung** all der gestalten, die uns unter den der wurzel nach urverwandten namen, **fangga, wildfangga, fänka, waldfänka, fengga** und **rutschifengga** in den mitgetheilten volksüberlieferungen entgegentraten.

In Tirol hausen die wildfangga vorzüglich im *Oberinnthal* und den angrenzenden seitenthälern im Stanzerthal, Batznaunerthal und Urgthal (zwischen Landeck und Ladis).

In Graubünden bewohnen die waldfänken folgende thäler:
Praetigäu, dessen meiste ortschaften von fänken zu erzählen wissen, ganz besonders aber Furna, Luzein, Conters, Saas (mit seinem fänkenstein), Klosters, Monbiel.
Schalfik und das durch den Strela von ihm getrennte Davoserthal und das unfern von Maladers in dasselbe einmündende Churwaldenthal.
Savien, zumal in Tenna, Camana (einer schönen alpe bei Platz in der mitte des thales) und auf Vallätscha (ebenfalls einer alpe zuhinterst im thale).

In Vorarlberg gehen ausschliesslich nur in zwei thälern fenggen-sagen und zwar in
Montavon; hauptniederlassungen der fenggen daselbst waren Parthennen, Gaschurn, Gallenkirch und Tschagguns.
Klosterthal, wo die rutschifenggen zu Bratz eine grosse geräumige felsenhöhle bewohnten, aus der sie öfters auf den Tannberg und Arl züge unternahmen.

Man besehe sich dieses terrain auch aus der vogelperspective und versetze sich zu diesem behufe in gedanken auf

---

Ich hatte den abschnitt über die *fänken* schon geschrieben, als ich die *alpensagen von Theodor Vernaleken* (Wien, 1858) zum ersten male zu gesicht bekam und in denselben auch mehrere fänkensagen aus Graubünden fand, die mit den hier mitgetheilten oft wörtlich übereinstimmen, da sie aus derselben quelle geschöpft sind. *Vernaleken* hat überhaupt in seinem gehaltvollen buche manches interessante aus Vorarlberg und Graubünden mitgetheilt und hätte unter den im vorworte aufgeführten churrhaetischen sagenforschern mitgenannt werden sollen.

den Selvretta (Fermunt und Albuin), jene von so eigenthümlichem sagengeist umwehte gebirgsmasse, wo auf einer etwa 2000—3000 m. hohen von ewigen eis- und schneemassen umlagerten basis eine menge höherer zacken emporragen.*) Südwestlich nun von diesem gewaltigen centralstocke breiten sich das Davoser- und Schanfikerthal aus; in nordwestlicher richtung öffnet sich das thal der Landquart (Praetigäu); die quelle der Landquart springt in weitem bogen aus einem gletscherthor des Selvretta; parallel mit Praetigäu zieht nordwestlich das thal der Jll (Montavon), deren wiege auch im kristallpalast des Selvretta (Fermunt) steht; in das Jllthal mündet bei Bludenz das thal der Alfenz (Klosterthal). In nordöstlicher richtung

---

*) Über den *Selvretta* lese man professor *G. Theobald's*: naturbilder aus den rhaetischen alpen s. 89. Dieser sammlung entnehme ich hier die schöne Selvretta-sage, da sie meinen landsleuten in Vorarlberg willkommen sein dürfte: klingt sie ja doch von jenen eisfeldern herab, denen die *Jll* entströmt.

„Vor uralter zeit kam fernher aus Welschland ein fremder von ritterlichem anstand und geheimnissvollem wesen mit namen Bareto. Verbannt von der heimath, suchte er eine zuflucht in dieser abgelegenen alpenwelt und wohnte sich in einer höhle ein, welche in der nähe der jetzigen Stutzalp liegt und noch Bareto Balma genannt wird. Ihn begleiteten seine beiden töchtern Selvretta und Vareina. Das volk erkannte bald in Bareto einen zauberer und fürchtete seinen düsteren blick und seine geheimen künste. Die beiden schönen jungfrauen aber verehrten und liebten alle, und ihr erscheinen brachte überall glück und segen. So gieng es lange; endlich starb Bareto. Seine töchter gruben in der höhle ein grab, betteten den alten in frischgepflückte blumen und begruben ihn da. Dann kehrte Selvretta über die eisgebirge in ihre heimath zurück, Vareina blieb noch kurze zeit, geheimnissvoll berge und thäler durchstreifend Endlich ward sie gesehen, wie sie auf einer felsenspitze stand, von wo man weit hinabsicht in das Praetigäu, sie streckte segnend ihre arme gegen die thäler und rief: „glückliches volk, ich schenke dir das zum ewigen freien eigenthum." Dann folgte sie der schwester und verschwand. Nach ihr werden die alpen genannt, über welche sie der südlichen heimath zueilte. Der name Selvretta lebt fort in den alpen des andern thales der Landquart und in dem des hohen gebirgsstockes, dessen schneeglänzende firnen weit in das thal herabschauen, rein wie die jungfrau, deren namen sie tragen." So lautet die sage.

Der poetische name „Selvretta" ist für den wichtigen centralstock zwischen Praetigäu, Unterengadin und Montavon von den Schweizergeologen und von neuern karten schon angenommen.

beginnt das **thal der Trisanna** (Paznaun), deren gewässer ebenfalls vom Fermunt entspringt; nördlich von Paznaun und theilweise parallel mit ihm zieht das **thal der Rosanna** (Stanzerthal); beide münden in der nähe von Landeck in das **Oberinnthal**, in welches weiter hinab gen Innsbruck das **Piz-** und **Ötzthal** sich öffnen, wo, wenn ich mich noch recht an die mythen und sagen Alpenburg's erinnere, auch fänken gesehen wurden.

Also die thäler, die in näherer oder weiterer entfernung vom wurzelstocke des Selvretta auslaufen, sind die eigentlichen heimatsitze der fänken. Eine ausnahme davon macht das untere Engadin mit **rhätischer zunge**, wenigstens sind mir von dort keine fänkensagen bekannt. Es ist sehr bemerkenswerth, dass die fänken **nur in deutschen thälern** vorkommen, waren sie ja doch ursprünglich ein gewaltiges **ächt deutsches** waldriesengeschlecht, das freilich im laufe der zeiten zu einem minder ansehnlichen, friedlichen zwergvölklein herabsank, das aber immerhin auch **gutdeutschen sinn und gutdeutsche art** hartnäckig behauptete.

Der grossen fänkenansiedelung am fusse des Selvretta gegenüber erscheint denn jene in Churwalden und in dem vorderrheinischen wildromantischen seitenthal der Rabiusa (Savien) nur als **sporade**.

4. Dialen.
(Vgl. Vernaleken, s. 219 u. s. f.).

Im Unterengadin und im Münsterthal erschienen vormals gewisse feenhafte **weibliche wesen**, die sogenannten „**dialas**". Sie waren von leidlicher schönheit, nur etwas entstellt durch **ziegenfüsse**. Sie pflegten in grotten zu wohnen, die sie schön ausschmückten und in denen sie weiche, reinliche lagerstätten von moos sich bereit hielten. Sie waren von gar guter gemütsart und erwiesen sich den menschen gegenüber sehr gutherzig und zuthätig. Sie erschienen öfters den hilfsbedürftigen, geleiteten verirrte wanderer auf den rechten weg, und bewirtheten hungrige und durstige. Armen leuten, die im schweisse ihres angesichtes arbeiteten und nach einer labung lechzten, erschienen sie hin und wieder, breiteten ein woisses tuch vor ihnen aus und trugen auf **blendend weissem geschirr** speise und trank auf.

Es frägt sich nun: wer sind denn diese **gutmütigen, geissfüssigen und in grotten wohnenden dialas** des Unterengadin's und des Münsterthales?

Ihre höhere natur bekunden sie schon durch die ziegenfüsse, die sie, als deren zeichen, so wenig ablegen können, als Berchta ihren grossfuss (platschfuss), Huldra den schwanz, und der teufel den pferdefuss.

Als nur weibliche wesen und in grotten hausend, lassen sich die dialen ungezwungen in die gesellschaft der **erdfräulein, erdweibchen** einreihen, von denen man anderwärts mehreres weiss. Hebel erzählt in dem lieblichen gedichte: „Riedligers tochter" von 's **erdmännlis frau**, die unter der erde in verborgenem stübchen haushält und der auf besuch gekommenen „gotto" den hausrath zeigt, „**silberne blatten und goldene teller**" und ihr milch im „chächeli" zum trunke vorsetzt.

Wie erdmännchen, erdweibchen, erdfräulein, so gleichen auch die dialen in mehr als einer beziehung Holda's elbischem gefolge, den „guten holden" und dem „stillen volke", elbinnen und zwerginnen. Die „guten holden", wenn sie in ihrem stillen treiben ungestört bleiben, halten gerne friede mit den menschen und theilen ihnen öfters von ihrem **neubacknen brot** oder **kuchen** mit (Grimm, I. s. 425), so nicht minder die dialen.

Einmal gieng eine arme frau durch den wald. Müde setzte sie sich einige augenblicke auf einen stein; sie befand sich in gesegneten umständen und war lüstern nach einem stückchen neugebackenen brotes. In ihrer heimat, wo man nur einigemal im jahr backt und darum das brot gewönlich sehr hart isst, gehörte, wie auch noch heutzutage, neugebackenes brot zu den leckerbissen. Sei es nun, dass sie ihre lüsternheit laut werden liess, sei es dass eine diale ihre gedanken belauschte, als sie sich aufrichtete um weiter zu gehen, duftete ihr der geruch von neugebackenem brot entgegen und sie erblickte ein solches noch dampfend neben sich im moose liegen.

Nichts hassen die gutmütigen dialen so sehr als hinterlist und frechen muthwillen, und auch diesen zug theilen sie mit den zwergen.

Einst arbeitete eine familie auf dem felde und nachdem sie recht fleissig gewesen war, erblickte sie plötzlich ein tuch ausgebreitet und silberne gefässe mit speise und trank darauf. Die dialen hatten es aufgedeckt und hiessen die arbeiter sich lagern und essen und trinken, mit ihrem gewöhnlichen ausdrucke: „iss und lass", das wollte soviel sagen, als man solle sich gütlich thun, das silbergeschirr aber nicht antasten. Der knecht der familie aber war ein böser mann, der steckte den silbernen löffel in die tasche. Sogleich verschwand das gedeck, der löffel ward zu feuer und seither erschienen in jener gegend die dialen nicht mehr.

Einst kam ein mann zu einer dialen-grotte, sah sie leer, trat ein und legte sich verwegen auf den weichen moospfül einer diale. Als die dialen kamen und ihn erblickten, entfernten sie sich eiligst und wurden dort seitdem nicht mehr gesehen.

Schon aus dem umstande, dass ein mensch den dialen einen silbernen löffel stahl und ein anderer frech den torus einer solchen fee bestieg, lässt sich schliessen, dass das verhältniss zwischen dialen und menschen nicht immer ein friedliches, sondern öfters ein **feindseliges** ist, wie denn überhaupt das gute einvernehmen zwischen elben und menschen gar häufig gestört wird, einerseits durch abhängigkeit der elbe von dem menschen, anderseits aber durch ihre geistige überlegenheit über die staubgebornen.

In Guarda lebte ein mann mit seiner frau in unfrieden und als er auf seiner bergwiese sein heu aufladen sollte, um es nach hause zu führen, hatte er niemand, der ihm dabei hülfe leistete, denn seine zänkische frau wollte ihm nicht beistehen. Da erschien eine diale und half ihm sein fuder laden. Er hielt sie für ein gewöhnliches weib. Als sie aber auf dem fuder stand, bemerkte er ihre ziegenfüsse und dachte bei sich selbst, nun sei er übel daran, der teufel stehe auf seinem fuder. Die diale fragte ihn nach seinem namen, er dachte, dem teufel wolle er seinen namen nicht sagen und antwortete: ich heisse „ich selbst" (eug suess). Und als das fuder geladen war, stach der man der diale die eiserne heugabel durch den leib, in der meinung, es sei der teufel, und fuhr dann rasch davon. Die diale liess einen durchdringenden schmerzenston hören und bald sammelte sich eine grosse, unabsehbare menge dialen um sie herum und fragten: wer hat das gethan? Sie gab sterbend zur antwort: „ich selbst". Da sagten die andern: „was man selbst thut, geniesst man selbst" (chi suess fà, suess giauda). Seit dieser zeit aber wurden in wald und feld keine dialen mehr gesehen und nunmehr sind sie längst spurlos verschwunden.*)

5. Bütz.

Einer bedeutenden anzahl elbischer wesen begegnet man in Vorarlberg unter dem namen bütz. Der singular lautet butz, m. der plural bütz; in Montavon hört man botz, im plural bötz und das verbum botzen, als botz unwesen treiben. Man hört auch ein deminutivum bützel und bützele, von kleinen, im wachsthume zurückgebliebenen kindern; bützel und bützele sagt man auch von nodus, nodulus, knoten und knötchen in der haut, die man sich zuzieht, wenn man von einem butz angeblasen oder in grossen schrecken versetzt wird. Eine vermummte faschingsmaske heisst um Chur butzibau, in Vorarlberg fass-

---

*) Ein mann spaltete „müsla" in einem walde. Wie er in der besten arbeit war, kam eine fenggin zu ihm, hockte auf den boden und frug ihn über allerlei sachen aus; unter anderm fragte sie den holzhauer: wie er heisse? und er antwortete „Selb". Die fenggin glaubte es und fuhr fort zu schwatzen, brachte aber im eifer des gespräches die hand in die spalte einer müsel. Als der holzhauer das sah, zog er flugs axt und wegga aus der müsla, dass diese zusammenschnellte und schmerzlich die hand der fenggin einklemmte, so dass sie in helllautes geschrei ausbrach. Der holzhauer lief davon und liess die fenggin an der müsla zappeln und winseln. Alsbald kam ein fengg herbeigelaufen und fragte die eingeklemmte fenggin: wer ihr das gethan habe? Sie antwortete: „o Selb thô". Da lachte der fengg und sagte: „selb thô, selb hô", und sprang davon. (Sag. Vorarlbg. s. 9).

nachtbutz und die kinderschaar lauft ihm nach unter dem helllauten rufe: „o jöri, jöri butz"! oder: „jöri, jöri kuttlablätz"! Die vogelscheuche im ackerlande ist der ackerbutz. In vielen gegenden des vorarlbergischen Oberlandes heisst der teufel mit auszeichnung der butz, und schon Fischart nannte nach dem zeugnisse Grimm's (II. s. 956) den teufel butze. Grimm sagt weiter: „solche anknüpfung (des teufels) an vorstellungen von einheimischen geistern und halbgöttlichen wesen war vollkommen natürlich, da die christliche ansicht diese teuflisch, das volk aber den fremden teufel einheimisch zu machen suchte".

Nach dieser erklärung Grimm's wären also unter bütz, ursprünglich heidnische geister, oder halbgöttliche wesen zu ziehen. Ja ich glaube gar alte götter unter denselben zu finden. Grimm (I. s. 474) bezeichnet sie dem namen nach als poltergeister (von bôzen) und weist ihnen eine stelle unter den hausgeistern und kobolden an. Ursprünglich mochten diese polternden hausgeister mehr elbischer natur und gut und freundlich gewesen sein, allmählig aber sank der alte trauliche und getreue hausfreund des heidenthums zum schreckbild und gespötte der kinder herab. Als schreckbild und scheusal erscheint denn auch fast durchgängig der butz in Churrhaetien und auch hier, wie fast in ganz Deutschland, sagt man, um die kinder zu schweigen, „der butz kommt"! Der butz erscheint in haus und stall, in alp- und maiensässhütten, in der küche und unter dem herde, ganz nach art der hausgeister; aber auch in seen und tobeln, in wäldern und runsten zeigt er sich, daher die verschiedenen benennungen hûsbutz, kellerbutz, tobelbutz, alpbutz, waldbutz u. s. f.

Noch ganz das gutmütige und zutrauliche wesen eines hausgeistes zeigte in Vorarlberg ein hûsbutz, der Stutzli*) genannt. Sein lieblingsplätzchen war die ofenbank. Da kam in dem hause, wo sich Stutzli aufhielt, ein kindlein zur welt, und wenn man das kindlein in der wiege zur ofenbank stellte, so wiegte es der Stutzli ungeheissen die längste zeit. Nach

---
*) Grimm (I. s. 483) meldet von einem schweizerischen *Schmutzli*, und lässt es dahin gestellt, ob dieser name etwa bloss nach dem schmutzigen, russigen aussehen zu deuten sei.

und nach verschwand der Stutzli. „Er wurde erlöst durch das unschuldige kindlein", bemerkte der erzähler.

Nicht minder freundlich und zuthätig erwies sich ein butz in einem hause auf der Crista bei Tschagguns in Montavon. Dieser butz war zwar wüst von aussehen, denn er war ganz grau, dafür war er aber ein besonderer kinderfreund. Wenn die kinder des hauses hinter dem ofen oder am tische oder auch auf wies' und feld' spielten, so kam er allemal zu ihnen und spielte mit zur grössten belustigung der kleinen, die den graumann ganz gut leiden mochten. Nun geschah es, dass die hauseigenthümer auf Crista ihr anwesen verkauften und ins Grüth beim benachbarten dorfe Schruns ziehen wollten. Da ward der graue butz auf einmal schwermüthig und nachdenkend, und als ihn die hausfrau wegen seines trübsinnes zur rede stellte, so seufzte er: „ach! ihr zieht aus, und ich darf nicht mitziehen"; „„ja freilich, darfst du mitziehen"", entgegnete die frau, da hüpfte der butz auf voll freude und rief:

„jetz nümmi mî hüder und g'müder
und züch sell met hinüber"!

und als sofort die familie mit ihrer „farniss" im Grüth anlangten, so schaute der butz schon zum giebel des daches heraus und jauchzte, dass es eine freud' war. Nich lange darnach, als die leute von der Crista das neue haus im Grüth bezogen hatten, starb ihnen ein kind und nach diesem todfall war der graue butz auf einmal schneeweiss und verschwand für immer.

Schon viel feindseliger geberdete sich ein anderer hûsbutz in Vorarlberg (Vorarlbg. sag. s. 28). Da wurde nämlich einmal ein schuster von einem bauer für acht tage auf die stör gedungen. Am ersten abende seines einstandes sagte der schuster: „ich lege mich diese nacht nicht ins bett, sondern bleibe auf der bank beim warmen ofen". Der bauer wollte ihm das ausreden und bemerkte, auf diese ofenbank komme allnächtlich der hûsbutz zum schlafen. Der schuster legte sich aber dennoch auf der ofenbank zur ruhe. Um mitternacht kam wirklich der angekündigte hûsbutz und weckte den schuster gar unsanft, indem er ihn von der bank herunter zu zerren suchte; dieser aber setzte sich muthig zur wehre und behauptete mit gewalt seine erwählte schlafstätte gegen den hûsbutz. Ganz so ergieng es die nächsten abende. Als aber die achttägige störzeit aus war und der schuster bei einbrechender nacht des bauers haus verliess, da packte ihn vor der hausthüre schon der butz und schnarrte ihn an: „jetzt bin ich meister" und darauf lief er davon. Da wusste der schuster auf einmal nicht mehr, wie ihm geschah: es trieb und drängte ihn, dass er unwillkürlich dem vorauseilenden butze nachspringen musste. Der butz lief, über stock und stein, wie eine gemse hinweg setzend, einen steilen berg hinauf. Der nachkeuchende schuster bekam auf dieser eiligen bergreise bald wunde fusssohlen und jammerte kläglich; aber je mehr er winselte, desto schneller lief der butz voraus und desto schneller musste er auch nachlaufen, und als sie auf die spitze des berges gekommen waren, da hatte sich der arme knieriem auf dem rauhen wege seine beiden füsse bis auf die knöchel abgenützt, und zu guter letzt hängte ihn noch der butz an diesen verstümmelten füssen auf der bergspitze an einem tannenbaume auf und liess ihn zappeln, bis er verendete.

Ein ganz launiger kerl von einem butz war der auf der sogenannten Nonnenalpe im innern Walgau. Auf dieser alpe hat einmal der grosshirt am herbst bei der abfahrt mit fleiss und vorbedacht eine kuh zurückgelassen. Des andern tages nun schickte er seinen kleinhirten hinauf auf die alpe, die vergessene kuh zu holen. Auf der Nonnenalpe hauste aber seit undenklicher zeit schon ein butz im deihjagmach; dazu mochte der grosshirt seinen kleinhirt gar nicht leiden, und da dachte er sich, wenn der kleine nichtnutz allein um diese zeit hinaufkommt, so wird ihn der alpbutz schon in empfang nehmen. Der kleine nimmt auf geheiss seines meisters den weg unter die füsse und kommt nach ein paar stunden in die alpe zur hütte und findet die kuh am stofel liegen und behaglich wiederkauen. Er setzt sich auch am stofel zur rast, packt seinen schnappsack aus und fängt an zu marenden. Ueber einer weile kam der alpbutz herbei und kauerte sich ohne wort und werk neben dem schmausenden kleinhirten auf den boden nieder; der kleinhirt bot dem butz auch etwas von seinem marend an, und letzterer griff tapfer zu. Beim abschied gab dann der butz dem hirtlein ein zierliches schelmapfifle als geschenk mit in sack. Als dann das hirtlein abends mit der kuh und dem schelmapfifle nach hause kam, schaute der grosshirt ganz verwundert drein und dachte: der **butz** muss nicht gar so arg sein und so ein zierliches pfifle möcht' ich auch. Er gieng dann auch allein denselben herbst noch der Nonnenalpe zu, aber vom grosshirt ist nichts mehr zurückgekommen (Vorarlbg. sag. s. 28).

Eine deihja auf einer Gäfner-alpe in Vorarlberg war ganz besonders verrufen wegen ihres butzes, nichts desto weniger haben einmal in dieser deihja zwei Gäfner übernachtet und zwar im spätherbst nach hl. kreuzerhöhung (14. septbr.), wo man bekanntlich mit dem vieh von alp fährt. Die zwei Gäfner legten sich auf die britsche zur ruh. Sie lagen nicht lange so wurden sie durch den butz gestört. Sie hörten nämlich auf einmal ein ganz unheimliches geräusch im keller drunten; nach einer weile sahen sie eine **landsfremde schöne sennerin** aus dem keller heraufkommen mit einem licht in der hand und holz auf dem arme; sie feuerte an und kochte ein mus; als sie damit bald fertig war, rief sie: „kommet jetzt zum essen". Die männer spürten es eiskalt in den gliedern und wollten nicht herbei; sie rief zum zweiten male recht eindringlich, und die auf der britsche getrauten sich kaum mehr zu athmen; endlich sagte sie zum dritten mal: „losen, i will ni kô go hola". Da erhoben sich die zweie und kamen zitternd vor furcht herbei und halfen der landsfremden sennerin mus essen. Das gericht schmeckte ihnen vortrefflich, sonderbar kam es ihnen aber vor, dass das mus dort, wo die sennerin ass, kein loch bekam. Nach dem male war die sennerin verschwunden und die Gäfner legten sich neuerdings auf die britsche.

Im bade Schönau zu Tschagguns war neuerlich noch der badbutz gefürchtet. Derselbe ist nach der aussage dortiger curgäste a **wîbsbild i wîssa hemdärmel und in ra wîssa schooss**. Sein hauptgeschäft hat er mit den badewannen, die er putzt und fegt, füllt und leert, mit grossem geräusch hin und wieder kehrt und deren zapfen er mit solcher gewalt aus- und einschlägt, dass das ganze badgebäude davon „erhillt"; seine freude ist es auch, eine oder die andere thüre mit solcher hast zuzuschnellen, dass die gegenüberstehende thüre aus der klinke fällt. Curgäste versichern auch, es habe der badbutz öfters schon als brustbild in weissen, aufgeblasenen hemdärmeln bei geöffnetem fenster gar zimpfer und zumpfer in die gaststube hereingeschaut.

Dieser weibliche, weissärmelige und weissschürzige bad- und wasserbutz erinnert mich lebendig an seine landsmännin, an das **weiblein mit der stauche** (siehe s. 28), und mutmasslich ist auch dieses gespenstige weisse frauenbild in Schönau **Holdas späte enkelin**.

In der Bürseralp S a l u n d i, im innern Walgau, geht nach kreuzerhöhung auch ein **b u t z** um. Ein jäger traf ihn einmal mitten im winter: es war ein schwarzes männchen in einer „futterschlutta **e n b l a p p e t a h u e t** ufem kopf und en mieth sack um a lib",*) das schlotternd und zitternd der deihja zuwankte, kläglich wimmernd: „tschuderi hû, mi frürt"! Auf die frage des jägers, was es um diese zeit noch in Salundi schaffe, seufzte das männchen: „i muess den arma lüta d's väh miethna, de rîcha honis scho gmiethnat„.

Aehnliches erzählt man von der Stuzalp auf Vereina im Praetigäu. Ein männlein, das alles ihm anvertraute salz den schönen kühen zu lecken gab, die unansehlicheren aber leer ausgehen liess, muss nach jahrhunderten herumgeistern.

„Einen **h u t g a r b r e i t e n r a n d e s**
trägt es, holzschuh'hat es an,
mit der alten tracht des landes,
seltsam ist es angethan;
um die nebelweisse, weite
jacke hat es an der seite,
eine tasche umgethan".

Das männlein streckt den kühen lockend seine hand hin, und wenn keine kuh von seinem salze leckt, so geht es trauernd von dannen. So laut es auch rufen mag, niemals hört ihn das vieh. Man sieht es besonders, wenn dunkle regenwolken über der alp schweben, man nennt's desshalb **n e b e l m ä n n l e i n**.

---

*) d. i. im futterspenser, mit breitkrämpigem hut und einem sack voll salz und kleien um den leib; *mietha*, f. — daher *miethna*, verb., dem vieh ein gemisch von salz und kleien (grüscha) geben.

Es heisst auch, so oft das nebelmännlein erscheine, und sei es auch am klarsten abend, so schneie es doch ganz sicher am nächsten morgen.

Dieses gespenstige, butzhafte nebelmännlein in dem **breitkrämpigen hut** auf Salundi und der Stuzalp ist **Wuotan**, der hier offenbar als gott der viehzucht erscheint. Hackelberg kann kein salz bringen. (S. A. v. **Flugi**, s. 86; **Vernaleken**, s. 78).

Vom aussehen und gebahren, vom thun und treiben des butzes auf **Spullers**, einer alpe im vorarlbergischen Klosterthale, wurde zwar nie näheres bekannt, gleichwol scheint er seiner zeit den Klosterthalern mächtig imponirt zu haben. Ich schliesse das aus einer wette, die einmal zwei männer von dort eingiengen. An einem weihnachtabend wars, da sagte ein spassvogel von Bratz zu seinem nachbar: „ich wette meine **zeitgeiss**, du getraust dich nicht, mir meinen **schmalzkübelzolfa** (stossholz im butterfasse) diese nacht von Spullers zu holen". Natürlich hatte der schelm, als er seinem nachbar die wette antrug, heimlich den alpbutz in seinen gedanken, der gerade um weihnachten am gefährlichsten sein mochte. Der nachbar aber gieng die wette ein und nahm einen „**fünfspörigen**" hund, stahl, feuerstein und schwamm und gieng Spullers zu. Wie er an den „stôfel" kam, brachte ihm der butz von Spullers den zolfa ein gutes stück weges schon entgegen, aber der nachbar sagte zu ihm, los' guter freund:

„thue du de zolfa hî,
wo-n-er ist früher gsî,
i will en selber holla".

Auf das sprang der butz mit dem zolfa wieder in die alphütte zurück und der nachbar gieng ihm nach und kam nach einer weile auch in die hütte; dort nahm er das feuerzeug aus dem sacke, schlug feuer, weil es ziemlich dunkel war, nahm mir nichts, dir nichts den zolfa zu handen, und gieng seines weges wieder weiter. Der butz aber rief ihm nach:

hättest net hert und haess (hart und heiss),
wetti di lehre g'winna d' zîtgaess;

oder nach anderer version:

hättest net grandbeiss und fürheiss,
wetti di lehra g'winna d' zitgeiss;

So aber hatte der alpbutz keine gewalt und der nachbar hatte die wette gewonnen (Vorarlbg. sag. s. 26).

Donar melkte mit schimmerndem blitzstrahle die vollen euter der wolkenkühe oder wolkenziegen. Nach und nach bildete sich von ihm auch die vorstellung aus, dass er mit dem blitzstrahl als stossholz die milch im himmlischen butterfass umrühre! (Mannhardt, s. 195). Daher schreibt der volksglaube in Holstein vor, das stossholz des butterfasses aus dem holz des den blitz versinnbildlichenden vogelbeerbaumes zu machen; daher melkt man in Schwaben und der Schweiz die kühe durch das loch eines angeblich aus dem gewitter gefallenen steins, der davon kuhstein heisst.*)

Merkwürdiger weise nun, sind in unserer butzsage all' die attribute, die das volk zu verschiedenen zeiten Donar beilegte, in buntem wirrwar nebeneinander; die ziege (bock) ist Donar's heiliges thier, mit stahl und stein pflegte er die gewitterflammen anzufachen, und mit dem zolfa die milch im himmlischen butterfasse umzurühren.

Alle jahr nach heilig kreuzerhöhung (14. septbr.) bezieht ein butz die alpe Valzifenz in Montavon; er nimmt besitz von einer sennhütte, siedet und bratet darin, dass man von weitem schon den rauch über der hütte aufsteigen sieht. Viel geschäft macht er sich, wie mich dünket, mit der pflege und fütterung der schweine; denn jäger, die auf jener alpe im spätherbste auf anstand waren, wollen von ihm den lockruf „hutsch, hutsch"! vernommen, und einige wollen ihn gar „schrittliger" auf rothem schweine sitzend über den stôfel jagen gesehen haben.

Dieser butz, der auf rothem schweine über den Valzifenzer stôfel dahinbraust, bringt den milden Fro, den gott der heerden und der fruchtbarkeit, oder den nordischen Freyr und seinen goldborstigen eber ins gedächtniss.**)

---

*) Aehnliches auch in Churrhaetien. Im Walgau gibt man den rath, die siegen durch den Doggistein zu melken (s. oben s. 42).

**) Der landmann rief Fro besonders an, wenn unter dem vieh

Ärger als der schweinefütternde butz in Valzifenz, der in seiner auserwählten alphütte den ganzen winter über siedet und bratet, trieb's ehedem der butz auf der Jörgenalp auf dem Tannberge. Derselbe zündete oftermals zur nachtzeit die hütte an, dass sie über einer weile in feuer und flammen stand, und gleichwol war sie bei anbrechendem tage unversehrt am alten ort.

Gefährlich bleibt es immer des **butzes zu spotten**. Das erfuhr genugsam ein heuer in Montavon; er übernachtete in einer barga auf dem heustocke mit seinem kameraden, liess, mit erlaubniss vor eueren ehren es zu sagen, einen furz und lachte: „der g'hört dem **bargabutz**"! Auf einmal rauscht es rückwärts im heustocke, und als der spötter sich umkehrte und zurückschaute, sah er wie ein **schwarzer rosskopf mit feuersprühenden augen** sich sachte aus dem heustocke hob, und erschrocken huschte er von seiner lagerstätte herab und brach sich hals und bein.

Ein anderer Montavoner, der von macht und gewalt der bütze auch nichts wissen wollte, gieng einmal nachts über ein tobel, das wegen eines butzes weit und breit verrufen war; mitten im tobel jauchzte er voll muthwillen:

> schwîzer ganîzer
> mit de langen ohra,
> komm' mer wennd met anander gôla (ringen)!

aber allsogleich war der **butz ganîzer** bei der hand und zerrte den jauchzer das tobel hinunter über alle stöck und stein, dass er blutete, wie eine gestochene sau. Er konnte des

---

seuchen drohten, oder gar einbrachen; dann entzündete er ihm ein feuer und trieb das vieh hinzu, die ihm vorzugsweise heiligen schweine voran; das zuerst durch die flammen laufende thier blutete ihm als opfer. — Bei der jährlich wiederkehrenden alpenbenediction wird namentlich in Montavon ein grosser holzstoss auf dem stöfel aufgerichtet. Während der priester die gebete spricht, wird der holzstoss angezündet. Vor noch nicht langer zeit pflegte man in mehrern alpen z. b. in Spora im Gauerthale die ganze habe vieh durch den rauch zu treiben, um sie im voraus gegen künftige seuchen und krankheiten zu sichern. — In der heiligen weihnacht, wo *Fro*, der schützer des viehstandes mit andern göttern seinen umzug hielt, *kann das vieh reden*.

butzes nur dadurch los werden, dass er eine wegkapelle zu bauen versprach.

Recht bösartig, ohne gereizt zu sein, benahmen sich öfters auch die sogenannten **Elbbütz** oder **Elbputzen** in Vorarlberg, von denen **Vernaleken** (s. 227) folgendes erzählt: wenn die sennen am st. Kilianstag auf die alpen fahren, welche auf dem bergzuge liegen, der vom Rothhorn sich rechts vom grossen Walserthale bis gegen den Rhein hin erstreckt, und im besitze der gemeinden Schwarzenberg, Bezau und Mellau sind, werden sie von einer procession mit kreuz und fahnen begleitet. Es geschieht dies um die weiden zu weihen, welche von den Elbputzen arg heimgesucht werden, so dass oft in einer nacht die quellen versiegen, gras und kraut verdorret, und vieh und menschen elend dahinsiechen. Manchmal muss auch der kapuziner von Bludenz in solcher noth gerufen werden, dessen kräftigem segensspruch es eher gelingt die boshaften kobolde zu bannen, welche öfter menschen und vieh in abgründe locken, wo sie jämmerlich umkommen.

Es gibt aber auch bütze, die mit menschen eigentlich nie in berührung kommen, und von letztern nur von ungefähr gesehen werden.

In der alpe Laguz, im Walserthale, hauste lange zeit ein **butz** in einer alphütte, der zuerst von einem jäger gesehen wurde. Dieser jäger gieng einmal im spätherbste nach Laguz auf die jagd, und als er bei der durch ihren butz verrufenen deihja vorbei kam, schaute er durch ein astloch in das deihjastübchen hinein; da sass mitten in der diele eine **kohlenschwarze katze** auf den hintern füssen, hielt zierlich mit der vordern linken pfote eine maultrommel an das maul, und spielte mit der rechten gar lustig auf, und diese musizierende schwarze katze war der **Laguzer butz**.

In derselben alpe, aber in einer andern hütte, hat einmal ein jäger mitten im winter zwei landsfremde sennerinnen getroffen, die mit **feurigen nüeschen***) zusammenschlugen und das werden wohl auch bütz gewesen sein (Vorarlbg. sag. s. 29 u. 30).

---
*) *nüesch*, m., ein gefäss, worin dem rindvieh mehl, zerschnittene erdäpfel und salz etc. gegeben werden. Der *nuesch*, die rinne, der gehöhlte trog etc. *Schmeller*, II. 712, östr. *nieschl*.

Viel gerede geht endlich vom butz in einem einsamen hause zu Schruns in Montavon. Derselbe zeige sich zu gewissen zeiten den blicken der sterblichen in einen schwarzen pelzmantel gehüllt, und habe eine **feurige hand**, mit der er dem begegnenden drohend winke; nach andern ist dieser butz ein schwarzer mann ohne kopf und trägt eine fensterrahme um den „stumpa". Im keller desselben hauses ist es auch nicht geheuer, denn dort haust der kellerbutz: ein weibsbild mit einem kindlein in dem arm. Des kellerbutzes freude ist es, jedes geräusch, jeden laut und jedes wort, das in den keller dringt „ûsz'antera" (nachzuahmen).

III. Zauber.

1. Hexen.

Die ganze masse des altdeutschen zauberwesens, d. i. des vermögens übernatürliche kräfte schädlich oder unbefugt wirken zu lassen, gieng in das neuere hexenwesen über. Letzteres bewahrt daher fast zug für zug die ältesten vorstellungen der zauberei und ist für die alterthumsforschung von höchster wichtigkeit. Zwar wurde bei den alten Deutschen der zauber, als etwas teuflisches, nicht von göttern, die die übernatürlichen kräfte nur heilsam wirken lassen, sondern von mittelwesen zwischen ihnen und menschen, vielkundigen riesen, listigen elben und zwergen geübt; aber seit einführung des christenthums traten auch die alten götter zurück und wandelten sich in teufel, und was zu ihrer verehrung gehört hatte, in teuflische gaukelei und zauberei (Vgl. Grimm, II. s. 982 u. 984).

Desshalb sind in den hexen, die in unsern heutigen sagen und märchen auftreten, nicht nur altdeutsche riesen, zwerge und elbinnen u. s. f., sondern auch mächtige götter und göttinnen wie Wuotan, Donar und Holda, oder doch wenigstens beziehungen auf dieselben, zu suchen und zu finden. Dieser satz dürfte in den folgenden hexenmärchen und hexensagen seine erläuterung erhalten.

In Balzers geht das märchen: da war einmal ein armer mann, der hatte einen reichen bruder, von dem er aber nichts erhielt, so dass er betteln gehen musste. Einsmals übernachtete er in einer einsamen hütte; da kamen wohl bei hundert agersta (elstern) in die hütte geflogen und das waren hexen (was die kleine märchenerzählerin Laura hartnäckig behauptet), die fiengen ein gespräch an und erzählten sich allerlei neuigkeiten; unter anderm sagte eine, es sei die königstochter krank, eine andere bemerkte dazu, der hilft kein doctor, ausser er lege ihr ein „ilgablatt" auf die schläfe. Der arme mann fasste das in ein ohr, und als die hexen fortgeflogen waren, schritt er eilends der königsburg zu und bot dort als arzt seine dienste an. Man gewährte ihm, die cur vorzunehmen, und siehe sie gelang, des königs mägdlein genas vollkommen und reich beschenkt gieng der wunderdoctor von dannen. Als sein bruder das hörte, gieng er auch nach hof und wollte als arzt figuriren, wurde aber schnöde abgewiesen. — Grimm sagt (II. s. 997): „ein uralter unter alle völker gedrungener wahn leitet aus der zauberei das vermögen ab, die gestalt zu bergen und zu wandeln. Zauberer pflegten in wölfe, zauberinnen in katzen überzugehen". — „Den zauberinnen steht aber auch vogelgestalt, federkleid, namentlich das der gans zu gebot". — In unserem märchen ist es die **agersta** = aglaster, elster, in die sich die hexe wandelte. Jedenfalls sind diese hexen in elstergestalt keineswegs teuflische zauberweiber, sondern **schicksal verkündende weise frauen oder priesterinnen**.

Vor zeiten waren die bewohnerinnen des dorfes Fanas im Praetigäu als hexen sehr verrufen. Man erzählt, bald hätten sie sich in **katzen** bald in **elstern** verwandelt. So sei denn auch einst ein mann in der schlucht, aus der die gewässer der Scesaplana bei Grüsch herausströmen, zu einer schaar elstern gekommen, deren eine zu den andern sagte: „losend es ist zît mer müessen hai ga d's mittag kocha", und flogen dieselben auch auf und Fanas zu.

Mit **Donar** und den ihm bekanntlich nahe stehenden **elben** und **zwergen** berühren sich die hexen dann, wenn sie sich als **melcherinnen, milchdiebinnen** und **milchverderberinnen** geberden.

Sie verstehen nämlich nach dem zeugnisse Grimm's (II. 1025) fremden kühen, ohne dass sie ihnen nah kommen, den euter leer zu melken; sie stecken ein messer in eine eichensäule, hängen einen strick daran und lassen aus dem strick die milch fliessen; oder sie schlagen eine **axt** in die thürsäule und melken aus dem axthelm.

Auch in Tirol berichtet man von den hexen: sie bezaubern die kühe, dass sie blut statt milch geben oder unfruchtbar werden; sie melken den kühen aussen durch die zaunhölzer und baumzapfen und melchstricke die euter leer (Alpenburg, s. 260).

Aehnliches sagt der volksglaube in Churrhaetien. So schlug einmal eine hexe in der alpe Vergalda, zuhinterst im thale Montavon, vier zapfen in die stallwand und melkte an denselben, und siehe es kam aus dem holze in vier fingersdicken brünnlein milch geronnen; die folge davon war aber, dass eine b r a u n e k u h a b s t a n d (Vorarlbg. sag. s. 10).

Die nordischen völker dachten sich die wolke als k u h, und Donar ist es, der mit schimmerndem blitzstrahl oder seiner donneraxt die vollen euter der wolkenkühe melkt, so dass sie ihre milch, den regen, befruchtend zur erde niederrinnen lassen. Auch die hexen in unsern märchen, melken die kühe mittelst baumzapfen, a x t h e l m, melchstricken, und w e n n d i e m i l c h g e m o l k e n (d e r r e g e n g e f a l l e n), s t e h t d i e k u h a b (z e r t h e i l t s i c h d i e w o l k e). Vgl. die verschmausung der k u h durch das Nachtvolk.

Im Gauerthale (Montavon) hauste einmal in einer alphütte eine hexe, die die milch im sennkessel behexte, so dass sie nicht „scheiden", d. i. nicht gerinnen wollte, und überhaupt unbrauchbar wurde. Einmal schüttete die sennerin solch behexte milch am grünen stôfel aus; die milch war ganz r o t h, und der platz des stôfels, wo sie ausgeleert wurde, wollte drei jahre nicht mehr grünen. — Die behexte milch trägt hier wohl noch Donar's farbe, aber sie wirkt zerstörend auf den grasboden, während, so lange das heidenthum noch blühte, Donar's milch befruchtend und belebend das erdreich durchfeuchtete.

Es wurde seite 40 angeführt, dass ein messer in die wand des schlafgemaches gesteckt gegen den Schrättlig schütze, und seite 42 dass ein f e u e r s t a h l gegen die gewalt des Doggi sichere. S t a h l und e i s e n brechen überhaupt die gewalt der elbe. Einer warf stahl zwischen die elbin und den berg, wodurch sie verhindert wurde hinein zu gehen (Grimm, II. s. 1057). — Stahl und eisen ist aber auch ein schutzmittel gegen hexen, wodurch die identitaet oder doch wenigstens verwandtschaft mancher hexen mit elben ausser zweifel gesetzt wird.

Es war auch im Gauerthale, in Montavon, in einer alphütte, da wollte die milch nicht scheiden. Da sagte die sennerin erbosst: „wart' dir (der hexe) will ich schon unter den hintern feuern"! Sie legte nun **ein eisen** (ich glaube einen küechlispiss) in's feuer und siehe, als einmal der spiss **glühend roth** war, trat in dem überhängenden sennkessel rasch die scheidung ein, und das wunderbare au der sache war, dass unverhältnissmässig viel „bolma" (zieger) ausgeschieden wurde, dass die sennerin nicht nur alle ihre „kaessger" (käsenäpfe mit löchern) füllte, sondern aus der nachbarhütte noch schiff und g'schirr entlehnen musste.

Und einmal zog ein Liechtensteiner zu Schân den butterkübel, aber unmöglich wollte es schmalzen. Da gieng der Liechtensteiner und steckte zwei **glühende eiserne bundhacken** in den butterkübel und alsbald gab es schmalz in hülle und fülle. Es dauerte nicht lange, so kam zu dem manne von Schân ein nachbarsweib, die ihn um etwas rahm anbettelte, sie habe sich nämlich vorhin beide hände verbrannt, und sie möchte mit dem rahm den brand löschen; der Schâner aber nicht faul, jagte sie zur thüre hinaus. — Die nachbarin war eine hexe. *)

Ein anderes mal, ich weiss nicht wo, zog ein mann den butterkübel, und es wollte ihm auf keine weise scheiden. Er gieng zum „hêr" (geistlichen, pfarrer) und klagte seine noth; der hêr gab ihm den rath durch den kübel zu **schiessen**, aber das gewehr wohl tief am kübel anzusetzen. Der mann that, wie ihm gesagt wurde, und schoss durch den kübel. Am selbigen tage gab es im dorfe eine weibliche leiche, und als der schütze zufällig dem hêr begegnete, hob dieser bedeutsam den zeigfinger gegen ihn auf, ohne ein wort zu sagen; der schütze wusste aber schon, woran er war: er mochte das ge-

---

*) In Balzers (Liechtenstein) zog eine frau auch den butterkübel, aber es wollte nicht scheiden; ihr mann sass daneben am tisch, nahm zufällig einen strohhalm und störte im docht des kerzenlichtes, das vor ihm stand; da trat plötzlich die scheidung ein und des andern tages kam die tochter der nachbarsfrau und bat um etwas butter für ihre mutter, letztere habe sich nämlich gestern den finger verbrannt. — Die nachbarin war eine hexe.

wehr etwas zu hoch an den kübel gesetzt und die hexe, die in demselben war, statt durch die füsse, wie es meinung des geistlichen gewesen, durch den oberleib getroffen und erschossen haben. — Wie nach uraltem glauben elbe, zumal lichtelbe, auf menschen gefährliche **pfeile abschossen** (Grimm, I. 429), so werden nun umgekehrt der elben stellvertreterinnen, die hexen, von menschen durch **gut gezielten schuss getödtet**. Es tritt hier der schon oben beim Schrättlig (s. 40) berührte fall ein, dass die menschen im laufe der zeit und bei dem unaufhaltsamen zurücktreten des heidenthums der alten götter und elbischen wesen macht und gewalt frech an sich rissen, und gegen letztere selbst kehrten.

Wie elbische wesen, so namentlich das nachttoggeli oder der alp, als schmetterlinge, phaläne erscheinen, so fliegt der geist der hexe **als wespe** aus. So kann man im Praetigäu tagtäglich hören, dass ein ehemann daran es merke, dass sein weib eine hexe sei, wenn dieselbe in einem lethargischen zustande nachts daliege. Ihr geist sei dann ausser dem leib wohl in infernalischer gesellschaft und zeige sich bei seiner abreise und zurückkunft in **gestalt einer wespe**, die aus dem munde und in den mund fliege.*)

Wohl vor mehr als hundert jahren wurde laut einer sage das dorf Lenz in Graubünden von einer gewaltigen rüfi überschüttet.**) Zur selben zeit hauste hoch über Lenz im gebirge, wo die rüfi losbrach, eine hexe. Nicht lange vor der

---

*) Aehnliches kommt vor im serbischen volksglauben. Die *vjeschtitza* ist von einem bösen geist besessen: wenn sie in schlaf fällt, geht dieser aus ihr heraus, und nimmt dann die gestalt eines *schmetterlings* oder einer *henne* an, dieser geist ist wesentlich eins mit der hexe. Sobald er ausgegangen ist, liegt der hexe leib wie todt (Grimm, II. s. 1931).

In Glarus erzählt man: einst öffnete eine hexe jeden abend, wenn sie ausfahren musste, halb das fensterchen des schlafgemachs. In der nacht flog sie dann in gestalt eines *hummels* aus und bei der morgendämmerung kehrte sie wieder heim und zog in den, unterdessen im bette zurückgebliebenen leib des weibes durch den mund wieder hinein. Einmal stund aber der mann während der nacht auf und machte das fenster zu. Morgens früh hörte er einen hummel am fenster summen, der herein wollte und mit dem anbrechen des tages verschwand der hummel. Wie es ganz tag wurde, bemerkte der mann, dass seine frau todt neben ihm lag (*Vernaleken*, s. 128).

**) Lenz wurde auch neuerlich von der rüfi heimgesucht.

traurigen katastrophe, die bald Lenz treffen sollte, hörten achtbare Lenzerbürger ein so lärmendes wortgezänke im gebirge oben, dass **weithin die tobel und schluchten davon erschallten**. Die hexe wollte nämlich unter fürchterlichen scheltworten die rüfi bewegen einmal loszufahren und das nest Lenz drunten einzubetten. Die rüfi widerstand lange dem drängen der hexe, brach aber doch endlich los und stürzte mit verheerender wucht zu thal. Unschuldige kinder sahen **die hexe voll ingrimm auf einem entwurzelten eichenstrunk sitzend**, mitten in dem flutenden rüfigewässer und unter kopfüber stürzenden felsblöcken, durch das weitgeöffnete rinnsal herabfahren.

Diese hexe, die im hochgebirge haust, und von deren zanken schluchten und tobel wiederhallen, ist trotz des namens wiederum, wenn nicht einer mächtigen gottheit, die über elementarereignisse schaltet und waltet, so doch einem riesen oder einer riesin an die seite zu stellen.

Wie in voriger sage das losbrechen der rüfi dem einflusse einer hexe zugeschrieben wird, so wird auch bekanntlich die erregung der **windsbraut** den hexen beigelegt.

Es heuete einmal ein Montavoner in der nähe der alpe Zamang. Auf Zamang selbst ist ein im ganzen thale berühmter hexenplatz; derselbe ist rund und mit schwarzem moose bekleidet, und daselbst haben oftmals hexen lustig getanzt. Besonders waren es hexen aus dem Elsasse, die hieher gefahren kamen, um auf dieser gefeiten stätte zu tanzen. Als nun eben nahe dieser stelle der Montavoner heuete, kam die „windsbrût" und würbelte ihm das dürre heu weg; der heuer erbost warf seinen **stilêt** in die windsbrût, die sich nun alsbald legte. Am nächsten herbste gieng der Montavoner „ins Elsiss" auf den krautschnitt, und dort kam er einsmals in ein haus, in welchem er im tischwinkel seinen stilêt stecken sah; auf sein befragen, wie denn dieser stilêt nach Elsass und gerade in diesen tischwinkel gekommen sei, gab ihm der hauseigenthümer zur antwort: dieser stilêt sei im vorigen sommer seiner tochter in Montavon **in's knie** geworfen worden. Der krautschneider hatte aber wenig lust mehr weiter zu fragen und war mäuschenstill zur sache. *)

---

*) Etwas ähnliches erlebte ein junger bursche von Klosters im

Grimm sagt (I. s. 599): „Die windsbraut ist ein wirbelwind, bei dem unsere mythologie die höchsten götter ins spiel bringt." Jedenfalls ist es zu beachten, dass der stilêt (oder das messer) im knie öfters auch in den sagen von den zügen des Nachtvolkes oder Wuotans-heeres wiederkehrt (siehe oben s. 9).

Aber nicht wehrlos ist der mensch der gewalt des zaubers anheimgegeben; es giebt erkennungsmittel der hexen und schutzmittel gegen ihren zauber.

Wenn der priester beim segen mit der monstranz durch die heilige hostie schaut, so sieht er die hexen, wenn solche in der kirche sind. — Mit hülfe von etwas erde, die der priester bei begräbnissen zuerst mit der schaufel auf den eingesenkten sarg wirft, kann man alle hexen erkennen. — In der heiligen weihnacht unter der wandlung sitzen die hexen hinderfür in der kirche. Wenn man erfahren will, ob ein hagelwetter von einer hexe gemacht wurde, nehme man 3, 5 oder 7 (immer in ungerader zahl) hagelsteine und lege sie in weihwasser; war eine hexe ursache des unwetters, bleiben in dem weihbrunn so viel haarbüschelchen zurück, als man steine eingelegt, war aber das wetter nicht durch die hexe erregt, so lösen sich die hagelsteine ohne rückstand auf. — Stahl und eisen (besonders glühendes) brechen die macht der hexen; ebenso salz und brot (der grund wird später angegeben werden) und glockengeläute. — Im kappelefeld zu Lustenau in Vorarlberg war vor langer zeit eine böse hexe. Sie wollte einmal in der gegend, wo das

---

Praetigäu. Der gieng sehr früh morgens in die alpen, da traf er unterwegs auf dem Pardenner boden (einem vielgenannten hexentanzplatz) einen an einer tanne angebundenen fuchs, den er von seiner haft zu befreien sich bemüssigt fand. Nach jahr und tag gieng der bursche in niederländische militärdienste. Dortselbst wurde er eines tages in ein haus berufen, wo man ihn in ein prächtiges reich meublirtes zimmer führte und sehr gut bewirthete. Das alles geschah auf geheiss einer dame, die sich freundlich mit ihm unterhielt und ihn fragte, ob er sie nicht mehr kenne. Als er solches verneinte, frug sie ihn, ob er sich denn jenes fuchses auf dem Pardenner boden nicht mehr erinnere? Der sei sie gewesen; der teufel habe sie nämlich zu guter letzt wegen verspätung angebunden, um sie durchzupeitschen; so sei sie denn aber durch seine hand der haft und strafe entgangen.

muttergotteskappele (kapelchen) steht, ein grosses donnerwetter heraufbeschwören.

Mit ihrer teufels- und hexenkunst wärs ihr auch beinahe gelungen. Das wetter hatte sich schon zusammengezogen, so schwarz, dass, wenn's losgebrochen wäre, gewiss alle feldsaten in grund und boden hineingeschlagen wären. Doch zur rechten zeit fangen die zwei geweihten glöckle im muttergotteskappele von selber zu läuten an. Jetzt ists mit der hexe aus gewesen und ihrer ganzen kunst. Das wetter hat sich verzogen, sagte nachher die hex, weil mir zwei hündle zu früh gebellt haben. Unter diesen „zwei hündle" verstand sie die zwei glöckchen in der kapelle, deren tönen das dortige landvolk noch immer eine eigene kraft zuschreibt gegenüber von „bösen wettern" und gegen schaden in haus, hag und feld (Vernaleken, s. 131).

Auf eine ganz sonderbare weise wurde einmal eine besorgte hausfrau einer hexe ledig. Diese hausfrau hatte eine schaar hennen, die täglich eier legten und damit ihrer meisterin grosse freude machten. Auf einmal geschah es aber, dass die hausmutter keines „gotzigen" eies mehr ansichtig werden konnte, und doch mussten die hennen gelegt haben, weil sie täglich „gatzgeten". In bitterem verdrusse ergriff dann einmal die mutter eine gatzgende henne und warf sie in den ofen hinein: kaum hatte sie's gethan, so stand „a wibli in ra verbrennta juppa" neben ihr in der küche, das sich dann eilig davon machte. Das wibli war eine hexe und von der zeit an haben die hennen der frau nicht mehr „verlegt".*)

Die hexen verstehen es, das rindvieh auf den alpen zu gefährlichem bîsa**) zu bringen, dass es über alle gräben und abgründe springt; wenn aber der hirt seinen tschôpen unter die bîsende habe wirft, so hört augenblicklich der spuck auf.

Mittelst eines tschôpanärmels, der wie ein rohr, oder ein perspectiv vor das auge gehalten wird, kann man

---

*) Es wurde oben s. 83 angeführt, dass nach serbischem volksglauben die hexe öfters die gestalt einer *henne* annehme.

**) *bîsa*, verb. neut., vom rindvieh, wenn es vom bîsewurm, einer gattung bremse (oestro) gestochen wild herumläuft.

hexentänze schauen, die man sonst auf keine art zu gesicht bekommt.

Wie in alter zeit zauberer und zauberinnen durch umwerfen eines kleidungsstückes, eines hemdes, eines gürtels (wolfshemd, schwanhemd) sich wandelten, so ist nun nach vorarlbergischem volksglauben umgekehrt ein kleidungsstück, ein tschôpa oder ein ärmel im stande, gefährlichen zauber zu lösen, und der hexen böse werke aufzudecken. *)

2. Hexenacten.

Wie in den einzeln umlaufenden hexensagen und hexenmärchen heidnische götter, halbgötter und elbische wesen aller art uns entgegentreten, so nicht minder auch in den hexenacten, wovon zwar in allen deutschen ländern bereits schon eine menge herausgegeben worden, allein eine noch grössere anzahl der herausgabe harrt.

Eine ziemlich umfangreiche, bisher meines wissens noch nicht bekannt gemachte sammlung von hexenacten aus dem anfange des XVII. jh. (1609) bewahrt der Vorarlberger museumsverein zu Bregenz. Die sammlung führt die überschrift: „hierment würdet befunden was fünff manns: und ailff weibss personen. so in anno 1609 allhie zu Bregentz mit schwert und feivr, hingericht: worden. unholden: oder hexen: werks halber, bekent haben, Samt iren verlesnen urteln und begnadigungen etc."

In Liechtenstein geschieht zuerst unter der herrschaft der grafen von Sulz, herren von Vaduz etc. (1507—1613) meldung von hexenprocessen. Sie brachen seitdem nach gewissen zwischenräumen immer wieder aus. Vorzüglich waren es die nachkommen der wegen hexerei hingerichteten, welche der öffentliche ruf unerbittlich verfolgte, als ob das übel ein erbliches wäre. Das sonst angesehene geschlecht der Düntel in Schan, so wie das der Mariss wurde besonders hartnäckig verfolgt. Beide familien sind seit dem erloschen.

*) In Graubünden glaubt das volk, wenn man ein *halstuch* oder einen *schuh* auf eine offene goldkiste werfe, könne einem der schatz nicht entgehen.

Sonst war der hauptsitz des übels am Triesnerberg und in Triesen. Hans Keyser von Zizers erzählt in seiner chronik rhaetischer sachen: „zu dieser zeit anno 1648 im brachmonat sind zu Vaduz in die 14 personen, darunter zwei mann, das andere weiber, mit dem schwert gerichtet und dann alsbald auf einen haufen holz und stroh gelegt und zu asche verbrannt worden von wegen dass sie gottes verläugnet und hexenwerk getrieben. Anno 1649 und 1650 sind noch so viel der elenden menschen zu Vaduz und am Eschnerberg gerichtet worden, dass mehr denn huntert personen gewesen sind." Die im amtshause zu Vaduz aufbewahrten hexenacten reichen zurück auf das jahr 1634.*)

Auch in verschiedenen thälern Graubündens hat der glaube an hexerei — dieser schreckliche, fast über ganz Europa verbreitete wahn, — hunderte von unglücklichen an die folter, auf den scheiterhaufen und unter den galgen gebracht. Zahlreiche hexenprocesse wurden im XVI. und XVII. jh. namentlich in Maienfeld und Puschlav abgeführt. In der nähe des Puschlaver sees erhebt sich ein ausgedehnter schutthügel, der den namen millemorti, d. h. tausend todte, führt. Haben vielleicht auf dem schaffot, welches sich auf dem hügel befindet, „tausend" unglückliche ihr leben geendet? Soviel ist gewiss, dass nur im jahre 1672 auf millemorti 20 der hexerei angeklagte und geständige personen hingerichtet wurden. Die zahl der unglücklichen opfer des schrecklichen wahnes stieg im thale Puschlav wahrscheinlich auf 150. Gewiss ist, dass 120 personen zum tode verurtheilt wurden, denn eben so viel hexenprocesse befinden sich noch jetzt im gemeindcarchiv. Es ist aber nicht unwahrscheinlich, dass manche dieser processe verloren giengen, oder auch absichtlich auf die seite geschafft wurden. Die letzte hexe wurde noch im jahre 1760 hingerichtet.**) Nicht minder zahlreiche hexenhinrichtungen fanden statt in der zweiten hälfte des siebenzehnten jahrhunderts in dem damals noch zusammengehörenden Saaser und Klosterser hochgericht.

---

*) Geschichte des fürstenthums Liechtenstein. Nebst schilderungen aus Chur-Rhaetiens vorzeit. Von P. Kaiser (Chur 1847) seite 395.
**) Leonhardi's vierteljahrsschrift, I. 4. s. 109.

Ich lasse nun auszüge aus den mir vorliegenden originalhexenacten folgen.*)

Die „fragstucke", welche man den der hexerei beschuldigten vorlegte und die antwort der unglücklichen letztern gleichen sich in jedem acte fast auf ein haar. Man braucht, wie Grimm (II. s. 1022) so richtig bemerkt, nur einige hexenprocesse gelesen zu haben, durchweg das nemliche verfahren in unbegreiflicher einförmigkeit, immer derselbe ausgang. Anfangs leugnet die angeklagte: gefoltert bekennt sie was alle vor ihr hingerichteten ausgesagt haben, und dann wird sie aufs schnellste verdammt und verbrannt. Diese übereinstimmung factisch grundloser aussagen erklärt sich aus dem fortgepflanzten, die phantasie des volkes erfüllenden wahnglauben.

Die zwei hauptanklagen, die man gegen die der hexerei beschuldigten erhob, waren erstens, **dass sie ein bündniss mit dem teufel geschlossen, und zweitens, dass sie „die lieben früchte des erdreichs" hätten verderben und zu grunde richten geholfen.**

Während bekanntlich in älterer zeit im hexenwesen der teufel noch ganz aus dem spiele gelassen wurde und nur vom verhältnisse der hexen zu elbischen wesen und geistern die rede war, werden etwa seit der mitte des 13. jh. (der zeit der verfolgung und verbreitung der ketzereien in Deutschland) hexenbündnisse und buhlschaften mit dem teufel erwähnt (Grimm, II. s. 1018), und im 16. und 17. jh. war nach der volksmeinung das band zwischen hexen und teufel schon so fest geknüpft, dass in den aus dieser zeit herstammenden acten der teufel, mit dem das bündniss geschlossen worden, gleich in den ersten zeilen der „vrgichte" auftritt.

Das **teufelsbündniss** besteht ungefähr in folgendem:
Der teufel kommt in verschiedener **gestalt** und unter verschiedenem **namen**, zwingt die hexe gott abzusagen und schliesst mit ihr einen **bund**. Dann kommt der teufel zu einer **bestimmten zeit** und ladet die hexe zu nächtlichen

---

*) Leider stehen mir nur die oben erwähnte hexenactensammlung aus dem Vorarlberger museumsverein und einige vereinzelte processe aus dem archive zu Vaduz zu gebote; aus Graubünden konnte ich keines originalactes habhaft werden.

festen. Es beginnt die **fahrt an bestimmte orte**; dort trifft sich **verschiedene gesellschaft**; es kommt zum **tanz**, nach demselben ist **mahlzeit** und endlich die **heimfahrt**.

Was nun die **gestalt** betrifft, so erscheint der teufel schwarz gekleidet mit einem federbusch auf dem hute, oder in blauen hosen, ledernem wammas und rothen strümpfen, oder in weibskleidern mit einem spitzigen filzhüetlin und rothem angesicht; er tritt aber auch in thiergestalt auf als **wiesele** und als gelber hund, der sich alsbald in menschengestalt aufrichtet; er hat eine rauhe haut und nit wie ein mensch, seine stimm' ist im reden heisser und niendert als eines rechten mannes red beschaffen; er hat füsse wie ein **ross**, oder er hat kleine füess' wie ein **storch**, doch **gaiss-** oder **bocksklauen** daran.

So verschieden die gestalt der hexenteufel ist, so verschieden auch ihr **name**. Ich schöpfe aus den mir vorliegenden hexenprocessen folgende eigennamen: **Jooss, Federhans, Federandres, Trüessli** (die hexe **Trahan**), **Tappi Bueberli** (die hexe **weibli**), **Käsperli** (die hexe **weibli**), **Scheiterle** (die hexe **Griss**), **Mossi, Mossus, Elzenbock**, endlich auch **Judas** (die hexe **Trina**), **Lucifer** (die hexe **Iny**) und **Sathas**.

Der **bund** besteht darin, dass sich die hexe dem leidigen teufel mit leib und seel ergibt und sich des leidigen und hochverbotnen hexen- und unholdenwerks befleissen will und sich zu diesem behufe gottes und des himmlischen heeres verläugnet. Zum pfand dieses bundes geben sich teufel und hexe die hand darauf, oder sie reissen sich gegenseitig haare aus, und zwar — ex pube, oder der teufel nimmt sich ein **stück ab dem linken hemdärmel der hexe**.

Zu **gewissen zeiten** holt der teufel die hexe ab, oder bestellt sich dieselbe; so kam gerade der Federandres auf einem bock vor das haus seiner hexe geritten um sie abzuholen; ein anderer teufel zeigte seiner hexe an: „auf das und das tag müsse sie fahren, sie soll' sich finden lassen am kreuzweg"; ein dritter teufel war noch galanter; der gab seiner hexe ein frisches kraut grüner farbe, „das sei ein zeichen gewesen, wann sie's in die schuhe lege, dass der teufel zu ihr kommen wöll, sie abzuholen, darauf habe sie das kraut etliche mal in die schuh gethan; so oft sie's gethan, sei allemal der teufel zu ihr kommen, sie abzuholen". Die zeit dieses stelldichein und abholens war meistens die mitternacht und zwar um **fastnacht** und **pfingsten** oder an den festtagen, des hl. **Gallus, Johannes** und **Jacobus.**

Es begann nun die **ausfahrt** zu nächtlichen festen. Der teufel ritt auf einem **bock** oder „**hohem ross**", ihm zur seite die hexe auf einem **kalb**, einer **gaiss**, einer **sau**, einer **katz**, die entweder ihr eigen, oder aber vom teufel ihr gebracht waren. Manchmal fuhren hexe und teufel „schrittlinger" auf einem und demselben thiere; oder die hexe strich eine salbe an ihren fuss, nahm einen **stecken** zwischen die füsse und sagte: „hui aus und an", oder „obenûs und niena â", und dann ist es gangen; oder sie setzte sich auf einen **stuhl**, oder sie bestrich sich mit einer salbe, nahm in jede hand einen **weissen stecken**, rief „hui" und es gieng auch. Dem manne legte sie aus bevelch ihres buhlen einen **besenstiel** an das bett, alleweil der besenstiel dort gelegen, hat der mann nit erwachen können. Teufel und hexe fuhren manchmal nit höher, dann dass sie die füss nicht gar auf dem boden hatten, oder sie fuhren fast eines hauses hoch, oder gar hoch über alle stauden und stöck so geschwind, wie der vogel im luft. Eine hexe klagte: „wann sie gefahren, sei sie gar müde darob geworden. Auf eine zeit habe der teufel ihr etwas gegeben, das habe gesehen wie **lunge** und **leber**, und das habe sie **gegessen** für die müde."

Die **hauptorte**, zu denen die hexen mit ihren buhlen die ausfahrt hielten, sind im Vorarlberger unterlande das **Ellermoos**, auf der karte von Blasius Huber „Dellenmoos" geschrieben, südlich von Bildstein; das **Wolfurter feld**, **Emserreute** bei Ems; „**zur Embs im Schlosse**";*) am **Flozbach** bei Schwarzach; **Stieglingen**, d. i. das

---

*) Vom schlosse Neu-Ems gelangt man zu einer einsamen bauernhütte, wo man durch zerfallenes gemäuer über den grat geht, der das gebirge mit dem vorspringenden felsen verbindet; hier überrascht der anblick des zerrissenen, aus vielen kühn gruppirten mauerstücken, thürmen und wellen bestehenden schlosses zur *Embs*, Hohenems oder Alt-Ems zum erstenmale in der nähe.

heutige Haselstauden; St. Gallus-stein, eine terrassenförmige erhöhung unter dem uralten grenzschlosse Babenwoll bei Bregenz; endlich das kloster st. Anna bei Bregenz. In Liechtenstein waren die besuchtesten orte: Lavadina, das Balznerried, hinter dem Gulmen und auf dem Hahnenspiel, auf dem Guggerboden und zu der linden auf dem platz zu Vaduz.

Auf den festplätzen angekommen, trafen sie daselbst grosse und bunte gesellschaft von bekannten und unbekannten leuten, manns- und weibspersonen. „Gar stattliche leut (heisst es), so schöne kleider umgehabt, sind alldort gewesen." Namentlich am Flozbach waren einmal an einem Jacobs-tag wol über hundert personen versammelt: „vill von adel und drei klosterfrauen, eine braune, eine eschenfarbe, eine schneeweisse". Am nämlichen Flozbach traf eine andere mit ihrem buhlen anreitende hexe „viel stattliche weibspersonen, die ihre haar über sich gerichtet gehabt, und darunter drei oder vier mannspersonen und insonderheit ein geiger mit einem langen braunen bart und schilig augen; dabei war auch eine nunn aus dem kloster zu st. Anna in eschenfarben kleider und noch zwei nunnen, die eine in braunen, die andere in weissen kleidern. Die hexe Anna Bundhälmin sagte aus: am Flozbach habe sie fünf personen kendt, des Straussen Nes u. s. w. und ain mann in ainem schwarzen bart auf einem weissen ross, den habe sie nit kendt. Die seien mit leib und seel bei ihr gewesen.

Nun beginnt der tanz, der ist so „hurtig und geschwind, dass es schlechterdings unmöglich ist, die mittanzenden zu erkennen"; dabei scheint kein wort gesprochen zu werden, denn „wann eins im tanze rede, so müsse es zu boden fallen". Der oben erwähnte geiger mit braunem bart und schielenden augen, oder ein sackpfeifer macht zum tanze auf. Es herrscht dabei eine standesverschiedenheit: „die reichen, darunter einmal zwei alte weiber, so guldine kettlin umgehabt, haben einen sondern tanz gehabt, und andere, als die armen, haben auch sonderbar getanzt".

Nach dem tanze, oder auch vor demselben, geht's zum mahle. Es steht ein wohlbereiter tisch und darauf silberne becher. Wie beim tanze herrscht auch an der tafel standesunterschied: die stattlichen weiber sitzen an dem obern tisch und neben ihnen gar stattliche und wohlbekleidte teufel, die armen aber essen sonderbar. Aufgetragen wird allerlei „gesottes und gebrates fleisch", aber kein brot noch salz darzu, oder „brotis und küechlin", aber kein brot und kein wein. Die mahlzeit sättigt nicht und nährt nicht: „sie haben vermeint sie essen fleisch und trinken wein, es sei aber so lind hinab gangen, dass es ihnen keine kraft gegeben"; oder: „sie haben wohl gegessen und getrunken, sei aber alles gewesen wie luft".

Endlich erfolgte die heimfahrt, die ebenso geschah wie die ausfahrt.

Die zweite anklage, die man gegen die der hexerei beschuldigten vorbrachte, war, dass sie die lieben früchte und saaten des erdreichs verdorben, durch hagel-, regen- und wettermachen. Wie das zugieng, lasse ich die bekenntnisse der hexen sagen.

Eine bekannte, sie habe in einem niedern hafen einen hagel gesotten; sie habe grosses breites kraut, so wie grosse heublumen gesehen, wie auch haar ab ihrem kopfe dazu genommen; der hafen habe ungefähr zwei stunden sieden müssen; der teufel, ihr gespiele und sie haben dabei getanzt; derselbige gesottne hagel habe im ganzen bereiche grossen schaden gethan.

Eine andere sagte: den grossen hagel um Jacobi, als man den hanf ernten wollte, habe sie also gemacht: sie sei in einen bach gestanden, habe eine salbe in die wolken geworfen und also dazu gesprochen: „ich würf dich auf in die wolken, dass du stein gebest, dass niemand sicher sei". *)

Eine dritte gesteht, um pfingsten habe sie helfen mit ihrem gespielen ainen hagel unten an einem bergle zur Embs sieden, das sei also zugegangen, sie habe zeug dazu gebraucht, das habe lauter stein gegeben. Das haben sie in zweien häfen gesotten, darauf sei gleich in der nacht ein hagel zu Toren-

---

*) Eine volksansicht in Graubünden schiebt das geschäft des hagelmachens ebenfalls den hexen zu. Sie sollen in der höhle gletscher zerhacken und sie in die luft streuen, daraus entstehe der hagel.

büren gewesen, der habe viel schaden im obst gethan. Das feuer habe der teufel gebracht; sei nit wie ein recht feuer gewesen, sondern **blau**. Regenwetter machte eine hexe im Flozbach in einem staudenboschen: sie habe etliche böllelin, so ihr buhl ihr gegeben, in einem laimenen grossen hafen gesotten; davon sei ein rauch aufgegangen wie ein nebel, und sei daraus das regenwetter erfolgt. Ein anderes mal habe ihr der teufel drei salben, eine griene, eine blaue und eine schwarze gegeben; die griene zum viehverderben, die blaue zu den häfen zu schmirben, die schwarze zu den nebeln. Wann sie einen nebel und daraus einen regen hab' machen wollen, habe sie die salb aus dem büxli müssen in die höhe schlenggern. Noch einer andern hexe gab der teufel dreierlei salben, eine grüne, eine weisse und eine schwarze. Die grüne habe sie gebraucht zum regen, die weiss zum hagel, die schwarz auch zum hagel und erschrecklichem wettern. So sei sie namentlich im verschienenen sommer am Rickenbach gestanden, habe ein büxlin mit weisser salb in des teufels namen in die wolken hinaufgeworfen, darauf sei gleich ein hagel kommen. Item die schwarze salb mit dem büxlin habe sie vor einem jahr im sommer, als die sonn' gar schön gescheint, in den Rickenbach geworfen, darauf sei ein gross wetter kommen, hab donnert und blixet und allso geregnet, dass der bach überloffen sei.

Die weiden verdarben die hexen, indem sie saamen, den sie vom teufel erhalten, darauf streuten, und bäume, indem sie ihres buhlen namen ins holz setzten.

Es wurde seite 87 gesagt, dass in den hexenacten uns heidnische götter, halbgötter und elbische wesen aller art ebenso entgegentreten, wie in den einzeln umlaufenden hexensagen und hexenmärchen. Ich will es nun versuchen, auf grund der gegebenen hexenactenauszüge und an der leitenden hand J. Grimm's diesen satz nachzuweisen.

Nach mehrern seiten hin lassen sich die hexen und ihre buhlenden teufel, wie sie in unsern hexenacten vorkommen, ohne zwang in **hausgeister, kobolde** und **elben** auflösen. So sind die deminutiva **wîble, bueberli, käsperli**,[*]

---

[*] In Lustenau sagt man heute noch: die hexe „Uihl" stand mit dem „Schwarzkäsperle" im bunde.

scheiterle, trüessli, tappi keine namen, welche auf den teufel oder schmutzige hexen passen; diese kosende deminutivform ihrer eigennamen weist ihnen vielmehr einen platz unter den **hausgeistern** an: der letztgenannte **tappi** ist ein **kobold**, der mit polterndem schritt durch die gemächer und über die stiegen des hauses **tappt**. Jene hexe, die mit hülfe ihres **schuhes** die ankunft des buhlen vorauswusste, ist wieder ein **hausgeist mit gefeitem schuh**. Der **Joos**, der **Hans** und **Andres** in den federgeschmückten spitzigen filzhütchen gehören offenbar auch nicht der sippe der teufel, sondern der alten **elbe** an; und so erscheinen denn auch jene schweigsamen hurtigen nächtlichen **hexentänze** als ehemalige **elbentänze**. Ebenso verhält es sich mit der buhlerei mit dem teufel: wie die elbinnen schönen jünglingen nachstellten, ebenso suchten umgekehrt elbe schöne jungfrauen zu rauben. — Was weiter erzählt wird, dass die hexe **lunge** und **leber esse** gegen die müdigkeit, erinnert an das, was anderwärts den hexen nachgesagt wird, dass sie männern den leib aufschneiden und das herz herausholen, worauf dieselben abzehren und sterben, gleich wie einst eine elbin zürnend, dass ein ritter ihre liebe verschmäht, ihn aufs herz stosst, dass er nach drei tagen stirbt. (Die deutsche götterlehre von J. W. Wolf, s. 55 und 130).

Aber nicht nur auf kobolde und elbe, sondern auch auf **hohe götter** führen uns die hexenacten. Vor allem fällt auf, dass all' die thiere, in die sich buhle und buhlerin wandeln, oder deren sie sich bei ihren nächtlichen ausfahrten bedienen, hohen göttern heilig waren. Das **wieselo** ist das „fräuchen" der alten, das **ross** Wuotan's, der **bock** (gaiss) Donar's heiliges thier, die **rothe sau** ist wohl Frôs goldborstiger eber, und **katzen** zogen den wagen der liebreizenden Frouwa. — Die nächtlichen hexenausfahrten, ihr ritt durch die lüfte, gleichen ganz den zügen der gottheiten, ich will nicht entscheiden, ob mehr den zügen Wuotan's oder Holda's, also den zügen des wütenden oder aber holdischen heeres. Der teufel reitet auf „hohem ross", wie Wuotan auf seinem apfelschimmel, und noch einmal konnte der teufel das „ichnos" des alten gottes nicht verbergen, es wurde auf s. 90

gesagt, er habe füsse „wie ein ross". Ist ferner jener shielende geiger mit braunem barte nicht vielleicht der einäugige Wuotan!? und jener schwarzbartige mann auf weissem ross nicht wieder Odinn oder Wuotan auf dem Sleipnir?

Einigen bezug auf Wuotan glaube ich auch zu finden in einem bruchstücke eines Maienfelder hexenprocesses, das mir vorliegt. Eine gewisse Anna Thöny, gebürtig von Seewis, war es, die im jahre 1656 der hexerei angeschuldigt, vor dem gericht zu Maienfeld stand. Unter anderem wurde gegen sie folgende anklage erhoben: sie habe letztes jahr zu Malans in ihres vetters weingarten, die „halden" genannt, binderinnen gehabt; als diese einen „juoch" heraufgebunden gehabt hätten, seien sie hinabgegangen, um wieder unten anzufangen: unterdessen sei sie oben im einfang auf einem bauhaufen gesessen, da sei ein rabe ihr zuerst um den kopf geflogen, habe sich danu auf ihre schulter gesetzt, sei sofort wieder in die luft geflogen und habe dabei ein solch leid geschrei verführt, dass diejenigen, die es gesehen, darob erschrocken ausriefen: „bhüetis Gott!"*) Auch dem Wuotan sassen zwei raben Hugin und Munin auf den schultern. Er sendet sie jeden tag aus, die zeit zu erforschen, sie bringen ihm kunde von dem geschehenen und gehörten und raunen dieselbe ihm ins ohr. Durch die raben wird er erst allwissend, daher hiess er auch der rabengott.

Wie man Wuotan's heere im laufe der zeiten gar mancherlei wesen guter und böser natur zugesellte, so sind die hexenversammlungen oft gar bunte gesellschaften. Auffallend sind bei jener hexenversammlung am Flozbach die drei nonnen. Diese drei nonnen, die eine in braunem, die andere in eschenfarbnem und die dritte in schneeweissem kleide, sind sicher-

---

*) Die kosten dieses hexenprocesses beliefen sich auf 550 fl. Jeder gerichtsbeisitzer bezog die zwei ersten täglich 2 fl. und bei dem malefizurtheil 24 kr., die andern fl. 1. 12 und 12. Es waren dabei 7 richter, stadtschreiber und waibel. — Der scharfrichter hatte zu fordern 13 tag à fl 2. 8 kr. und für das foltern 6 fl. — Der herr landvogt (Heinrich von Schauenstein und Ehrenfels) bekam für mühe und arbeit und bewiesene gnade (wahrscheinlich begnadigung vom feuertod zur enthauptung) fl. 299. 6 u. s. f.

lich nichts anderes, als die drei nornen Urd, Verdandi, Skuld (vergangenheit, gegenwart und zukunft).

Den ältesten nachrichten zufolge war bei den zusammenkünften der zauberinnen die hauptsache kochen, welches in einem gemeinsamen grossen kessel geschah. Diese versammlungen hätten keinen sinn gehabt, würde nur gewöhnliche speise dabei gekocht worden sein, es musste ihnen also etwas anders zu grunde gelegen, das kochen hier wie bei den opfermahlzeiten ein heiliges geschäft gewesen sein. Die gekochten gegenstände waren aber neben pferdefleisch (unser brôtis) das heilige, allen nothwendige und unentbehrliche salz, um dessen quellen einst die Deutschen unter sich blutige kriege führten. „Da auch Christen kraft und nothwendigkeit des salzes anerkannten, so begreift es sich, wie nun umgekehrt den teuflischen hexenversammlungen das wohlthätige salz abgesprochen und als sicherungsmittel gegen alle zauberei angesehen werden konnte, denn der hexenküche und den teuflischen mahlzeiten fehlt gerade das salz. — Ebenso lässt man ihnen auch das gleich nothwendige brot abgehen; ohne zweifel buken die Heiden zu ihren gelagen und opfern nicht anders als die Christen" (Grimm, II. s. 1002). Auch brot ist wie salz sicherungsmittel gegen zauberei, daher der widerwille des teufels, den derselbe nach der aussage der Bregenzer hexe Agnes äusserte. Sie sagte aus: es sei der teufel zu ihr kommen, als sie gebachen, hab ihr gesagt, er wolle ihr geld genug geben, sie soll das häbere zeug hinauswerfen. Als sie es nit thun wollen, habe er sie vor dem ofen nieder zur erde geschlagen.

Unsere hexen sind also auch an die stelle der salzsiedenden und brotbackenden frauen und priesterinnen des heidnischen alterthums getreten.

Zu berücksichtigen kommen nun noch die zeit der fahrten und die sammelplätze.

Fassnacht, Pfingsten, Johanni, Gallus (16. october) sind wahrscheinlich die tage grosser heidnischer feste, der frühlingsfeuer, maifeuer, sunwentfeuer, herbstfeuer.

Was die örtlichkeit betrifft; so fahren die hexen an lauter plätze, wo vor alters gericht gehalten wurde, oder heilige opfer geschahen (Grimm, II. s. 1003). Wenn auch in unsern acten das Ellermoos, das Wolfurterfeld, der Flozbach, das Balznerried und Lavadina wenigstens dem anscheine nach als plätze von hexenversammlungen weniger in betracht kommen, so sind dafür die Embs, die Emserreute, Stieglingen, St. Gallusstein, der Gulm, das Hahnenspiel, der Guggerboden und der platz bei der linde in Vaduz, auf den ersten blick um so bedeutsamere, weil höchst wahrscheinlich altheilige örtlichkeiten. Gewiss hat jener mächtige mit laub- und tannenholz bewachsene felsenvorsprung ein ausläufer des Breitenberges und der Schüttanne, der in scharfem winkel nach Hohenems hinunter führt, und auf seinem rücken nun in nicht grosser entfernung die ruinen von Neu- und Alt-Ems trägt, schon die aufmerksamkeit unserer heidnischen vorfahren auf sich gezogen, und sicherlich auch die rückwärts dieser burgen gelegene Emserreute, voll landschaftlicher schönheit, im lieblichsten wechsel von waldschatten, wiesengrün und bachesmurmeln. Also ausgehend von obigem satze, dass die hexenplätze ursprünglich fast durchgängig heidnische cultus- und malstätten waren, kann man folgerichtig mit wahrscheinlichkeit behaupten, dass sich die gewaltige burg der **edlen, freiherrn und grafen von Embs zu Hohenembs** auf einer heidnischen malstätte, oder wenn nicht auf den trümmern (denn die heidnischen tempel dürften von holz gewesen sein), so doch auf dem grund und boden eines ehemaligen götzentempels erhob.*) **Stieglingen** (Haselstauden) tritt in urkunden schon sehr früh und bedeutsam aus dem dunkel hervor.

Der **st. Gallustsein** ist ein felsen auf der terrassenförmigen erhöhung unter dem ehemaligen uralten grenzschlosse Babenwoll bei Bregenz. Auf diesem puncte ereignete sich beim beginn des siebenten jh. ein für das aufblühen des christenthums in dieser gegend höchst wichtiger vorfall. Um-

---

*) Die wiege der *von Embs* ist sehr wahrscheinlich *Welschems* (Ober-Ems) ob Chur. Zuerst sind *Rudolf und Goswin* von *Amides* im jahre 1170 urkundlich erweisbar. Bald finden wir sie im vorarlbergischen Rheinthale, in das sie herabgezogen, in der burg *Hohenembs*, die auf einem hohen, steilen felsen ob dem flecken *Embs* oder *Hohenembs* erbaut, jetzt als ruine (seit 1793) die landschaft schmückt. (Programm des k. k. gymnasiums Feldkirch für das schuljahr 1860, s. 4).

ständlich erzählt ihn Walafrid Strabo in der vita s. Galli (acta Bened. sec. 2. p. 233) und nach ihm Grimm (I. s. 97): egressi de navicula oratorium in honore s. Aureliae constructum adierunt ..... post orationem cum per gyrum oculis cuncta lustrassent, **placuit illis qualitas et situs locorum**, deinde oratione praemissa circa oratorium **mansiunculas sibi fecerunt**. Repererunt autem in templo tres imagines aereas deauratas parieti affixas, quas populus, dimisso altaris sacri cultu, adorabat, et oblatis sacrificiis dicere consuevit: isti sunt dii veteres et antiqui hujus loci tutores, quorum solatio et nos et nostra perdurant usque in praesens. ..... cunque ejusdem templi solemnitas ageretur, venit multitudo non minima promiscui sexus et aetatis, non tantum propter festivitatis honorem, verum etiam ad videndos peregrinos, quos cognoverant advenisse ...... Jussu venerandi abbatis (Columbani) Gallus coepit viam veritatis ostendere populo ..... et in conspectu omnium arripiens simulacra, et lapidibus in frusta comminuens projecit in lacum, his visis nonnulli conversi sunt at dominum.

Es frägt sich nun wo der ort zu suchen ist, dessen anmuthige lage den irischen mönchen so gut gefiel. Bregenz lag damals in trümmern; denn als die frommen mönche auf ihren predigerfahrten nach Arbon am Bodensee kamen und dort bei einem priester namens Wilimar nach einem platze fragten, auf welchem einige zellen in der einsamkeit zu frommen übungen erbaut werden könnten, so antwortete dieser: „es findet sich ein veröderter ort, der die **spuren alter gebäude unter trümmern bewahrt**, wo das erdreich fett und zur erzeugung von früchten tauglich ist, hohe berge stehen im halbkreise, eine öde wüste erhebt sich über der stadt, die ebene ist fruchtbar, wer hier nahrung sucht, dem wird der lohn der arbeit nicht versagt; der name ist **Brigantium**." Mit apostolischem eifer eilten nun die männer des lichtes dem beschriebenen orte zu und siedelten sich an — mansiunculas sibi fecerunt. Die stelle nun, wo sich Columban mit seinem schüler niederliess, ist wohl schwerlich in den niederungen am Bodensee zu suchen, denn diese mochten sich damals noch nicht im anbaufähigen zustande befunden haben. Richtiger wird man die meinung finden, dass die Irländer ihre zellen auf der mehrmals genannten terrasse unter Babenwoll aufschlugen. Bestärkt kann man noch werden in dieser ansicht durch den umstand, dass sich auf dieser terrasse auf einem felsen in sehr früher zeit eine im j. 1614 ansehnlich erweiterte kapelle erhob, die das bildniss des hl. bekehrers Gallus enthielt und durch jahrhunderte besonders von kranken, fieberleidenden und bedrückten besucht wurde. Sie wurde später aus mangel an fond zu ihrer unterhaltung abgetragen, aber jener felsen trägt heute noch den namen s t. G a l l u s s t e i n.

Das christenthum schonte wohlweislich, wo es nur konnte, der lieblingsplätze und angewöhnungen des volkes und meistens errichtete es an der stelle des heidnischen tempels oder baums eine christliche kirche oder kapelle. So ward denn auch ohne zweifel an der stätte der wieder entchristlichten Aureliakapelle mit den drei goldenen bildsäulen die Galluskapelle erbaut. Aber ganz verschwinden aus dem gedächtnisse des volkes wollte jene vielbesuchte und berühmte heidnische cultus-stätte auf dem nachmaligen Gallussteine noch lange nicht, da noch beim beginn des siebenzehnten jahrhunderts die hexen dahin ihre nächtlichen fahrten lenkten.

Der Gulm, das Hahnenspiel und der Guggerboden, wo die hexen laut unsern hexenacten so gerne zusammenkommen, sind drei hohe, waldige alpenreviere über den gemeinden Triesen und Triesnerberg in Liechtenstein. B e r g e überhaupt sind lieblingsplätze der hexen. Grimm sagt (II. s. 1003): „ihre (der hexen) versammlung findet statt auf der w i e s e, am e i c h w a s e n (vgl. unser Ellermoos, das Wolfurter feld, das Balznerried und Lavadina) u n t e r d e r l i n d e (vgl. unsere linde am platze in Vaduz), unter der e i c h e, — auf dem peinlichen r i c h t p l a t z, unter dem g a l g e n b a u m, in der s a n d g r u b e (vgl. unsern Flozbach). Meistens aber werden b e r g e als ort ihrer zusammenkunft bezeichnet, hügel oder die höchsten puncte der gegend." Der grund liegt wohl darin, weil gerade die wälder und haine der berge der göttlichen und halbgöttlichen wesen, (zumal der elbe und bilweise) und ihres cultus sitz waren. Beim Gugger-

boden und Hahnenspiel darf man obendrein noch an k u k u k
und h a h n, Donar's altheilige vögel erinnern. *)

*) Ausser den eben genannten drei hexenbergen, *Gulm, Guggerboden* und *Hahnenspiel*, kenne ich in Churrhaetien noch folgende: den *Samangerberg* im thale Montavon (s. oben s. 84), den *Fideriserberg;* noch jetzt wird von der erwachsenen jugend der anstossenden gemeinden alljährlich im august der sogenannte *bergsonntag* daselbst gefeiert; den *Strela*, mons strialis, ein steiler bergpass, der Davos und Schalfik trennt. Am Strela befindet sich der sogenannte *Schatzberg*, wo ein grosser schatz verwahrt liegt.
Wie der thüringische *Horselberg* ursprünglich aufenthalt der Holda und ihres heeres war, dann aber im lauf der zeiten sammelort der hexen wurde, und wie im Horselberg, wo die alte göttin sass, ein unendlicher hort geborgen lag, so finden wir den Strela von alten göttern zwar verlassen, aber von kexen noch besucht und mit schätzen reich gesegnet.
Ausser diesen sind als hexensammelplätze bekannt; *Bellaluna* im Albulathal; Bellaluna, sagt man, heisse eigentlich *Ball all' üna*, d. h. tanz um 1 uhr mitternachts, weil nach früherm volksglauben die hexentänze daselbst stattfanden (Leonhardi, III. 4. 122). Man nennt einen verschütteten *hexenbrunnen* bei Mezzaselva in Praetigäu, einen *hexenstein* auf Selva ob Chur; eine *hexeneck* den scheidepunct zwischen Glarus und Graubünden auf dem Panixerpass.
Gerade *scheidewege* bezeichnet man häufig als sammelplätze der geister und hexen, weil an denselben am wahrscheinlichsten götzenbilder der heiden stunden.
Endlich stehen noch als hexensammelplätze im rufe *Pardenn* im Praetigäu und das *Scalära-tobel* bei Trimmis.
Der schönen alpe *Pardenn* wurde schon oben s. 85 gedacht. Die meisten im lande gerichteten hexen haben bekannt, daselbst hexentänzen beigewohnt zu haben. Ein Praetigäuer, der in der zweiten hälfte des 17. jahrhunderts viele jahre in Paris als militärschneider diente, wurde einmal von einer Pariser dame, die erfuhr, dass er aus dem Praetigäu sei, nach verschiedenen weibern in seiner heimat gefragt und auch nach der alp Pardenn. Sie kannte mehrere weiber und sagte, sie sei schon öfters in Pardenn gewesen (Vernaleken s. 126).
Das *Scalära-tobel*, das weit oben im gebirge Montelin, der höchsten spitze des Hochwangs seinen anfang nimmt, sich durch schauerliche schlüchte hinauswindet, und unweit Chur in das Rheinthal mündet, ist nach dem zeugniss Leonhardi's (I. 2. s. 55) in der hexenperiode, die leider mehr als ein jahrhundert umfasst, berüchtigt geworden. In diesem tobel sollen vorzüglich die unholde der hauptstadt (Chur) und umgebung ihr unwesen getrieben haben.
Bezeichnend bleibt's, dass in diesem als hexenversammlungsort verrufenen tobel auch *Wuotan* mit seinem heere umzug hält. Der alte Wuotan und spätere hexen berühren sich überhaupt gern; wir

Das ergebniss ist: in den angeführten actenstücken, wovon ich kurze auszüge gegeben, glaube ich hausgeistern, kobolden, elben, Wuotan und seinem heere, den drei nornen, endlich salzsiedenden und brotbackenden frauen und priesterinnen des heidenthums zu begegnen.

Das zweite, was man den hexen vorwirft, ist das hagel- und wettermachen und saatverderben. Der verfasser der rhätischen kirchen- und reformationsgeschichte, Nott A. Porta, nennt sie daher nicht mit unrecht femnas da malas arts. Die art und weise, wie die hexen in den mitgetheilten actenauszügen die ihnen in der zweiten hauptanklage zugeschriebenen bösen künste, das hagel- und wettermachen und saatverderben vollführten, indem sie nämlich den hagel bei blauem feuer soden, oder um regen zu machen salben und pillen in die luft schlenkerten, oder um die saat zu verderben

---

sind bei den versammlungen der vorarlbergischen hexen im 17. jh. dem Wuotan begegnet; in Glarus heissen heute noch die hexentänze geradezu *Wuotisen* oder *Wuttisen* (Wuotan's idisi?).

Des alten gottes umzug im Scalära-tobel beschreibt *Vernalcken* (s. 60 u. 61) also:

In diesem tobel (Scalära), dessen name schon die umwohner mit schauder und entsetzen erfüllt, vernimmt man ein grauenhaftes getöse. Zwischen nackten, himmelhohen felswänden donnert und kracht es unaufhörlich, und man nimmt am tage nichts wahr als schutt und gestein. Nachts aber hört man bis Trimmis ein entsetzliches geheul. Ist es mitternacht geworden, so steigen aus tausend klüften und felsspalten menschliche gestalten hervor. Das sind die verstorbenen bürgermeister, rathsherren, vögte u. a. bürger der stadt Chur. Sie machen allerlei seltsame gebärden. Die vornehmen *reiten auf weissen schimmeln*, und wenn sie alle versammelt sind, eine unabsehbare volksmenge, dann setzt sich der zug in bewegung, die reiter voran, der letztverstorbene bürgermeister an der spitze der reiterei. Es geht hinunter durch das tobel, über die landstrasse und durch das gebüsch bis an den Rhein. Dort tränken sie die pferde; der zug wendet um, und kehret schweigend wieder in die schluchten zurück. So geht es jede nacht, aber nicht jeder kann die geister sehen, die hier ewig ihren aufenthalt haben. Wenn ein angesehener bürger stirbt, dann wird es allemal besonders lebhaft im Scalära, und man hört das rufen und getöse in weiter entfernung.

Einige wollen in dem nächtlichen reiterzuge auch *weibliche gestalten* und unter den schimmeln auch schwarze pferde gesehen haben, aus deren nasenlöchern dann und wann feuerfunken sprühten.

teufelssaamen auf wiesen und felder streuten, gründet sich auf uralte, weitverbreitete überlieferung, und ich verweise in dieser beziehung auf die geistreiche parallele, die der grosse germanist Grimm in seinem so oft citirten werke „deutsche mythologie", s. 1031 u. s. f. zwischen dem glauben und den ansichten der völker jeden alters und jeder zunge mit meisterhand gezogen hat.

IV. Thiere, bäume und sträucher.

1. Thiere.

Von den wilden waldthieren wird der **bär** (rhaet. uors), der thierkönig unserer ahnen, in der legende des heiligen Lucius genannt. Bekanntlich brachte der heil. Lucius die frohe botschaft des evangeliums nach Rhaetien. Nach der frommen sage war Lucius ein könig aus England, der von seinem throne gestiegen, und von seiner schwester Emerita begleitet von land zu land gezogen, um dem heilande seelen zu gewinnen. Er kam um das jahr 166 zuerst nach dem untern Vindelicien, wo er in den städten Salzburg, Regensburg und Augsburg Christi lehre verkündigte. In das eigentliche Rhaetien gelangte er über die nach ihm benannte Luciensteig. Im walde daselbst traf er eine wittwe an, die keuchend und schwizend ein mit holz beladenes wägelchen bergan zog. Der fromme mann erbarmte sich ihrer, und spannte **einen bären** vor das wägelein.

Unter den „jöri", oder faschingsmasken, der Schrunser kinder führt einer mit auszeichnung den namen **bär**. Derselbe trägt eine hölzerne larve mit weit aufgerissenem rachen und wird von einem andern jöri an einer kette herumgeführt. Auch ein kosender kinderreim erwähnt des bären:

„es kunt en **bär**,
tappet in kär (keller)
und frisst dem büebli de schmär."

Der hund. Der verräther, welcher im winter des jahres 1646/47 Bregenz an Gustav Wrangel verrathen, wurde zur sühne seiner schuld in einen **schwarzen hund** verwandelt, der nun unter dem namen **Klûshund** (von der Bregenzer klause also genannt) die nächtliche runde macht von feldposten zu feldposten, sich auch bisweilen auf die wagen setzt, welche die steigung zum klausthore hinanfahren, und durch sein gewicht das fortschaffen derselben fast unmöglich macht, was ihm jedesmal ein höhnisches gelächter entlockt.

Ein hund rächte einst einen bettler am Bischoler see auf dem Heinzenberge. Eine blühende weide mit einer stattlichen alphütte war einst da, wo jetzt der see liegt. Ein armer kam zum senn und bat ihn um ein almosen. Der ruchlose senn gab ihm mit lab durchsäuerte milch. Der genuss dieses getränkes verursachte dem armen bald die heftigsten schmerzen. Auf sein geschrei kam ein **schwarzer pudel** aus dem boden hervor, der den sennen so lange im kreise herumdrehte, bis unterirdisches wasser überall hervorquoll und weide und hütte verschlang.

Der hund, als wachsames thier, ist schatzhüter. In einem gewölbe der gebrochenen burg Rosenegg bei Bürs im Walgau geisterte eine weisse frau und dort lag auch eine schatzkiste, auf deren deckel ein hund als hüter sass. Als ein Bürserknabe auf geheiss der weissen frau mit geweihter ruthe dem hund zwei streiche gab, so schwoll derselbe an zu einer furchtbaren grösse, so dass der knabe den zur erlösung der weissen frau und zur hebung des hortes nöthigen dritten streich nicht mehr zu führen sich getraute (Vorarlbg. sag. s. 61). Aehnliches berichtet Mone und nach ihm Grimm (I. s. 929): „auf einer kiste des gewölbes lag eine **kröte**, auf der andern ein **weisser hund**; als die bauersfrau mit einer von der weissen frau dazu empfangenen **gerte** umherschlug, wurde der hund kohlschwarz, worüber die frau erschrocken das schweigen brach und die erlösung vereitelte."

Von den vierfüssigen thieren ist es namentlich auch Frouwa's heiliges thier, die **katze**, die in Churrhaetien in einem gewissen ansehen steht. Wie ein katzengespann den wagen der hehren göttin zog, so schleppte nach der sage eine katzenschaar wein dem Nachtvolke zu (Vorarlbg. sag. s. 35).

Die tödtung der katze hält man in mehreren gegenden Graubündens für etwas dem viehstande sehr gefährliches.

Selbst in dem abgeschnittenen kopfe der katze lebt noch eine geheimnissvolle kraft fort, wie nach der ansicht der alten in dem pferdehaupte. Legt man nämlich bohnen in die augenhöhlen eines katzenschädels, so keimen sie und mit den keimblättchen kann man sich unsichtbar machen.

Einmal gieng ein baumstarker mann nachts beim mondscheine im Gallîna-tobel bei Frastanz über die brücke und sah auf einem brückenpfosten eine **kohlenschwarze katz** hocken. „Mauz! mauz!", sagte da der mann bei sich selbst, „dir will ich in das tobel hinunter helfen", und gibt ihr mit seinem stocke aus allen leibskräften einen streich, aber die katze rührt sich nicht auf dem pfosten. Der mann fasst im zorne einen zweiten streich, doch auch diessmal mukset sich die katze nicht, wird aber auf einmal sichtlich grösser und grösser und „glârt" den mann mit feurigen augen so wild an, dass er entsetzt von dannen läuft. — Thôr soll in seinen wettkämpfen bei den riesen auch eine schwarze katze vom boden wegheben; allein er kann ihr nur ein hinterbein lüpfen. Da erbebten die riesen, denn sie war das verzauberte weltmeer, das dabei bereits über die erde hereinzufluthen drohte (Rochholz, s. 248). — Die katze galt schon den alten als sturm- und windkündendes thier und heute noch glaubt der Churrhaetier, es drohe wind- und wetter, wenn die katze gras frisst; wenn sie sich wäscht, und dabei mit der rechten pfote über das rechte ohr fährt, so kommt sicherlich allemal ein gast.

Das **wiesel**, das muntere, klugblickende „fräuchen" der alten, heisst vorarlbergerisch „haermle", rhaetisch „müstaila"; wenn es sich im keller aufhält, so scheidet die daselbst aufbewahrte milch nicht. Gegen den zauber des „fräuchens" schütz **zielant**, daphne mezereum; legt man nämlich ein stück zielant in den keller, in dem sich ein wiesel aufhält, so flieht es, und die milch scheidet wieder; und um das wiesel aus den ställen zu vertreiben, mache man einen rauch von **rautenkraut**, dann flieht es auch für immer; und wann eine kuh vom wiesel gebissen worden, mache eine salb aus zwiebeln und **knoblauch** und schmiere den biss, das tödtet das gift.

Vom **eichhorn** (rhaet. squilat), das einst dem frühlings- und ärntegott Donar heilig war, sagt man: wenn es im winter viel gereisig von den tannen herunter streut, gibt es im kommenden jahre hunger unter dem vieh, wenn aber zapfen, hunger unter den leuten.

Unter den **vögeln** steht Donar's vogel, der blitzträger **kukuk** allenthalben in Churrhaetien wohl am meisten im ansehen, ist er ja alljährlich im april durch seinen bekannten zweisilbigen fröhlichen ruf der willkommene verkünder des frühlings. Bei seiner ankunft soll er sich mit laub decken können, sonst singt man:

„gugger auf dem dürra-n-ast,
wenn es regnet wird er nass!"

Ein anderer reim sagt:

„kunt der gugger ufen dürra-n-ast,
so gilt ds schmalz en ganza last."

In Schweden sagt man: wenn am hl. Thorrstage (himmelfahrt) der ruf des kukuks von süden her schallt, so zeigt er ein gutes **butterjahr** an (Mannhardt, s. 226).

Noch eine andere variante sagt:

„Der gugger ufem dürra-n-ast,
bettlet ds brod und gits dem gast"

das heisst, es gibt eine theurung. Dieses brodbetteln spielt auf die weit verbreitete mythe an, der vogel sei ein betrügerischer bäcker gewesen (Grimm, I. 641 und Rochholz s. 77). Auf diese mythe vom betrügerischen bäcker ist wohl auch die frage zu beziehen, welche die Schrunser kinder an den kukuk stellen: gugger, wo bist de winter gsi? — uf ra hoha tanna domma — warum bist net aha gfloga? — will mi die alta wiber in **ofa ihi gschoppet hätten.**

Wer im frühlinge, wenn er den kukuk zum ersten male schreien hört, **geld** oder **brod** bei sich trägt, dem geht geld oder brod das ganze jahr hindurch nicht aus. Weil Donar dem menschlichen körper wachsthum und leben verleiht, so fragt man seinen boten, den kukuk, um die dauer der lebensjahre. Die formel, mit der das geschieht, lautet in Liechtenstein:

gugger grau,
sag mer au,
wie lang lebi noch au?

Einzelne pflanzen tragen in Churrhaetien nach Donars heiligem vogel ihren namen, so heisst Cypripedium calceolus der **guggerschueh**, rumex acetosella **guggerbrod** und **guggerkäs**, oxalis um Saas im Praetigäu ebenfalls des **guggusers käs** und **brot**.
Wie das eintreffen des kukuks in unsern gegenden in der regel auf die mitte aprils fällt, so verstummt gewöhnlich auch um Johanni sein fröhlicher ruf; in andern gegenden glaubt man, weil er sich nach dieser zeit in einen habicht verwandle. Wichtigere gründe für sein plötzliches stillschweigen führt man in Churrhaetien auf; man sagt: wenn der gugger **schwarze kriesi** antrifft, „so versêts em", d. h. er kann nicht mehr schreien. Auffallend werden nur **schwarze** kirschen genannt, nicht aber **rothe**, die die farbe seines gottes tragen. Comisch ist die ansicht, dass der kukuk um Johanni, wo die kirschen reifen und die heuernte beginnt, wegziehe, weil sein **ehni** an einem kirschenkerne erstickt sei, oder weil man seinen **ehni** mit einem henza erschlagen habe. Wer ist kukuks ehni? vielleicht Donar?! Nach Johanni hört man seinen ruf nicht mehr gern, denn wenn der kukuk lang nach Johanni schreit, ruft er misswachs und theure zeit. Das hohe ansehen, in welchem er stand, so wie sein oft zum nachtheil der seele täuschender ruf, hatte zur folge, dass er im christenthum als ein vogel des teufels galt und heute wird noch sein name statt dem des teufels gebraucht; „ds guggers werda", des teufels werden; „es söll mi dr gugger hola", es soll mich der teufel holen u. s. f·

Odinns beständiger begleiter, der **rabe**, rächte einst auf der Schierser alpe im Praetigäu einen hirtenknaben, gleich wie im grauen alterthume kraniche die rächer des Ibykus wurden. Ich gebe die sage in der poetisch sein sollenden form wieder, in der sie mir von dort mitgetheilt wurde.

> Der senn erschlug den hirtenknab,
> er warf ihn über die fluh' hinab,
> in's tiefe tobel in tiefe schlucht,
> wo niemand den fremden knaben sucht;
> nur raben umkrächzen die tiefe gruft,
> nur raben kreisen in hoher luft,
> doch flossen die tage, die jahre hin,

der arme knabe vergessen schien.
Da zogen einst die bauern zuhauf
zum messe in die alpe hinauf;
sie sassen beim imbiss im sonnenschein,
da fiel hernieder ein todtenbein,
die raben brachtens aus tiefer gruft,
die raben krächzten in hoher luft;
herumgeboten wird im kreis
das bein: dem sennen perlt schweiss
als er's berührt, denn blut entfliesst
dem bein, wie's seine hand umschliesst,
und was er nachts verübt allein,
was er gesponnen hielt so fein,
gestand er jetzt im sonnenschein.

Der kinderreim in Liechtenstein ruft dem raben zu:

„rapp! rapp!
kogafleisch,
b'hüet mi vorem bösa geist."

oder (wenn man ihn zum weiterfluge aufschrecken will):

„rapp! rapp!
mach mer en ring,
oder du bist ds teufelskind."

Zu dem alten götterboten, dem frühlingskündenden und kinderbringenden s t o r c h betet die jugend in Balzers:

storch, storch,
schnibl, schnabl,
loss mi net verfalla,
traeg mi net an galga,
setz mi uf ne stüehle,
gib mer milk und brüehle,
setz mi uf ne stöckle,
gib mer milk und bröckle,
setz mi hindera herratisch,
gimmer brôtne vögel und fisch.

(Vgl. Rochholz, s. 83).

Die **elster** (mundartl. **agersta, aglaster**, corvus pica) ist leichvogel und gemahnt durch ihre farbe an die halb weisse, halb schwarze schicksalsgöttin; in sie wandelt sich auch die hexe (siehe s. 80). Das hühnerauge, clavus, heisst in Vorarlberg **agerstanôg**.

Das **käuzchen** ist ebenfalls todten- und leichvogel, sein erscheinen verkündet sterben. Das käuzchen heisst in Graubünden **tschauetta**, in Vorarlberg **tschivigga**, im Oberinnthal **tscholvit**, in Südtirol **tschavit**, strix passerina, sperlingseule, vom ital. civetta. Die **tschivigga** rufen immer: „geh weck! geh weck"! Der **tschivigga mâ** ist der tod und ihn hat man einmal rufen gehört: „Hannessöf pack auf, pack auf, du stirbst jetzt bald"!

Von der **habergeiss** sagt man um Nüziders im Walgau, sie sei ein vogel mit gelbem gefieder und der stimme einer geiss; derselbe werde beim beginne der maienzeit nur den blicken bevorzugter sterblicher sichtbar und seine mäckernde stimme sei eben so gut ein frühlingsbote, als der ruf des kukuks; andere wieder sagen, die habergeiss habe im ganzen die gestalt einer geiss, aber pferdefüsse und ein maul, das einer halbgeöffneten „gramla" (hanfbreche, ital. la gramola) gleiche; noch andere halten die habergeiss für eine junge gemse mit flügeln. Es gibt aber auch leute, die weder an diesen gelbgefiederten, frühlingskündenden wundervogel, noch an die pferdefüssige ziege, noch endlich an das geflügelte gratthier glauben, sondern unter habergeiss nur eine nachteule (strix ortus) gemeint wissen wollen (vgl. Simrock, myth. s. 549).

Ein frühlingskünder ist auch der **schwarzspecht**, in Churrhaetien, wie in der innern Schweiz, **märzafülli** genannt. Wie man einen, den man in april zu schicken kam, „aprellakalb" nennt, so höhnt man in Montavon den, der am ersten märz in die falle gieng, mit „märzafülli"! „märzafülli"!

Ein in Churrhaetien gern gehaltener vogel ist der **krummschnabel**. Kindern, die an fraisen leiden, soll man das wasser zu trinken geben, das der gefangene krummschnabel in seinem glase hat. Der krummschnabel wird von der form des schnabels auch **kreuzvogel** genannt, und wie er zu dieser form seines schnabels kam, erzählt eine liebliche legende: als Christus der herr auf Golgatha am kreuze hieng, flog ein zierlich grüner vogel vorüber, der liess sich gerührt von der qual des menschensohnes auf dem kreuzesstamme nieder und fieng an den harten blutigen eisennägeln zu picken an, bis er sich seinen schnabel in kreuzesform bog, und dieser grüne vogel war unser heutige k r e u z v o g e l, der seit jenem keiligen acte des mitleides seinen namen trägt.

Gewiss hat der z a u n k ö n i g (troglodytes parvulus) durch seine kleine niedliche gestalt, sein rothbraunes gewässertes gefieder, seinen angenehmen gesang und sein munteres, agiles wesen die aufmerksamkeit schon unserer vorahnen auf sich gezogen, und allerwärts in Deutschland gehen jetzt schöne märchen von demselben. In Frankreich heisst man den kleinen troglodyten sehr schön p o u l e t t e a u b o n d i e u; in Churrhaetien z û s c h l ü f e r l i doch auch öfters schriftdeutsch z a u n k ö n i g, mundartlich z û k ü n i g, und ein Vorarlberger mädchen gab mir einmal eine ganz anmuthige erzählung zum besten, warum das unscheinbare vögelein zu dem stolzen titel kam; ich gebe sie hier wieder in gebundener rede.

Wo z' Bethlehem herr Jesuschrist
im krippeli noch g'legen ist,
so hot a spimma webba g'richt,
dem wiehnechtkindli g'rad vors g'sicht.

Si muetter rôs erschrocka drab
wüscht mit de hända d' webba-n-ab,
sie förcht, es möcht dem lieba soh
das g'spünst noch gaer i d' ôga kô.

Doch d' spimma fôcht vo neuem â
und zwürnet fäda drûf und drâ,
und vor ma nu recht füfi zellt,
ist scho en andere webba g'stellt.

Zlescht ist a vögeli noch kô
hot d' spimma gnôt in schnabel gnô
und hot sie munter zemmapickt
und ahi i si kröpfli g'schickt.

Und jetzt ist d's kind im krippeli
von alla webba sicher gsî,
und d's vögeli sell hot zum loh
de künigstit'l öberkô

Der zaunkönig machte einstens auch den höchsten flug von allen vögeln. Es galt eine wette zwischen dem adler und zaunkönig, welcher von beiden höher zu fliegen vermöge. Der adler begann zuerst den flug und schwebte empor in majestätischen kreisen. Da stahl sich der zaunkönig unvermerkt unter das gefieder des kühnen luftseglers hinein und barg sich behaglich in dem weichen federflaum. Höher und immer höher drang der aar in das unermessliche himmelblau, bis endlich seine schwingen den sternen nahe erlahmten. Da entflog der zaunkönig seinem versteck und ruderte mit seinen ungeschwächten flügelchen munter noch eine gute strecke in das meer der lüfte, und gewann so die wette. — Ich denke bei diesem himmelanstrebenden fluge des zaunkönigs an den glauben der Celten, nach welchem der zaunkönig das feuer vom himmel holte. Er verbrannte sich aber an dem herabgeholten feuer sein gefieder. Wetteifernd gab ihm von sämmtlichen vögeln ein jeder eine feder ab um seine blösse zu decken.

Das hûsrötheli (rothschwänzchen) kündigt sich schon durch seine farbe als ein dem Donar heiliger vogel an; wenn man sein nest stört, so geben die kühe rothe milch; und wenn denn einmal eine kuh rothe milch gibt, dann melke man sie und schütte die milch in **rinnendes wasser**, worauf die kuh weisse milch geben wird wie vorher.

Mit dem ei eines **zeisigs** kann man sich unsichtbar machen; aber bekanntlich ist es sehr schwer das nest eines zeisigs zu finden und folglich eben so schwer eines zeisigeies habhaft zu werden. Nicht mit unrecht sagt ein vaterländischer dichter:

„a zinslenäst — und suech wo d' witt,
i felse oder wald,
und nähmest o a brille mit, —
des findst it grad so bald."

Das gerathenste ist, um das nest eines zeisigs zu finden, man

stelle eine gelte voll wasser zu dem baume hin, auf dem man
ein solches nest vermuthet, und da wird man im wasserspiegel
das nest gewahren und in besitz des unsichtbarmachenden
zeisigeies kommen können. — Einige sagen, es liege in dem
neste des zeisigs ein eigenthümlicher stein, der zîslestê,
der unsichtbar mache. In Tirol besteht der volksglaube, die
zeisige machten mittelst des blendsteins ihr nest unsichtbar.

Unter den hausvögeln sind es vorzüglich gans, henne
und taube, von denen man mehreres zu reden weiss.

Von der gans, der stellvertreterin des altheiligen schwans,
sagt ein kinderreim:

giggis gäggis eiermues,
d' güns gond barfues,
barfues gond sie,
hinter em ofa stond sie,
rote schüehle hend sie,
blouwe strümpfle wend sie;
im unterland
ist d's vogelgsang,
min vater ist en weber,
mine muetter ist a kuchifrau
und wenn sie het, so gits mer au.

Bei diesem reime fällt mir Hluodana, die schirmerin
der feuerstätte (des ofens) ein. Dachte man sich dieselbe
vielleicht im schwankleide, mit roten schuhen, blauen strümpfen etwa nach der art der weissen frauen und der ihnen verwandten wesen (der gansfüssigen Bertha)?!

Von der henne, zumal der schwarzen, heisst es, dass
sich mit derselben der Schrättlig abspeisen lasse (s. oben. s.
40); will ein thier im stalle umstehen, so bringe man eine
schwarze henne herbei, denn alsdann stirbt diese und das
stück wird erhalten. Das ei, das sie am charfreitag legt,
fault nicht und gibt glück im spiel; es wird auch in wuhr-
bauten hineingelegt, um die angrenzenden wiesen und felder
vor dem einbrechen der reissenden wildbäche zu schützen.
Das ei einer schwarzen henne mit einem ausgegrabenen sarg-
nagel stigmatisirt und in den drei höchsten namen in einen

ameisenhaufen verscharrt, heilt das gliederweh. — In die henne wandelt sich die hexe (siehe oben s. 86).

Die t a u b e n gelten wie die raben als weisende vögel. Die raben gehören in dieser bedeutung dem alten heidenthume an, die tauben sind vermuthlich erst später nach einführung des christenthums an die stelle der verrufenen raben gesetzt worden.

Nach der sage soll auf der stelle wo Marschlins steht (in Graubünden an der mündung der Landquart in den Rhein), der anfang zu einem klosterbau durch den heil. Pirminius gemacht worden sein. Nachdem aber einer der zimmerleute sich an der hand verwundet, nahm eine weisse taube einen der blutigen holzspäne in ihren schnabel, flog damit über den Rhein, und liess ihn in dem jenseitigen walde vom gipfel einer lärche fallen. Pirmin sah solches als eine höhere deutung an, und an dem orte, wo die taube den blutigen span fallen lassen, begann er den bau des klosters Pfäffers. Daher führte dieses kloster in seinem wappen eine fliegende taube mit span.

Allgemein in Graubünden herrschte früher der glaube und herrscht vielerorten noch heutzutage, dass man den todesfall des hausvaters oder der hausmutter den b i e n e n, welche zum hause gehören, anzeigen müsse, weil sie sonst ausfliegen und eine andere heimat suchen. Desshalb wurde von einem der nächsten anverwandten die trauerbotschaft den schwärmen in aller form gebracht und vorgetragen.

Einen grossen freundschaftsdienst erwies einmal in Montavon eine a m e i s e dem Reineke fuchs.

Herr Reineke vom anstand kommend, schlof in seine höhle, fand aber in derselben einen haarigen, grauslichen fengg liegen und grässlich schnarchen. Höchlich erschrocken ab dem unwillkommenen hausinsassen gieng Reineke zum bär und bat ihn inständig, er möchte ihm doch den zottelten kerl aus dem hause schaffen. Meister petz willfahrte und schritt gravitätisch der fuchshöhle zu; als ihn aber dort der erwachende fengg wild anschnarrte: „flüch oder i frissdi", entsank ihm gänzlich der muth und er trottete brummend wieder von dannen. Reineke wandte sich nun in seiner verlegenheit an herrn Isengrim, den wolf, dem ergiengs aber bei der fuchshöhle um kein haar besser, als vorhin dem bär. Da erbarmte sich endlich noch eine rote ameise des rathlosen fuchses; sie kroch unvermerkt in die höhle, postierte sich in den krausen haaren von des fenggen hinterquartier und fieng an derart zu krabbeln und zappeln, zu beissen und kneipen und mitunter auch noch einen scharfen ätzenden saft umherzuspritzen, dass der fengg voll des unbehaglichsten gefühles sich allmählig hin- und herwälzte und endlich winselnd davon sprang, und so herrn Reineke die höhle wieder räumte.*)

Zu Grimm's (II. s. 658) lieblich duftender namenlese des kleinen **goldkäfers** (chrysomela vulgaris) bringe ich bei aus meiner heimat: **üser frauathierli, üser frauaküehli**. Die deutschen Bündner sagen **gotteslämmchen, hergottsschäflein**, die italienischen nennen den goldkäfer (coccinella septem punctata) sehr schön **la gallina del signore**,**) **herrenhenne**, analog obiger französischer benennung des zaunkönigs **poulette au bon dieu** und im gegensatz zu dem von Albert Schott (Deutsche in Piemont 297) mitgetheilten ausdruck der liebe **froue henne, frauenhenne**.

Nach der volksansicht in Vorarberg zieht eine unbild, die man dem lieben goldkäferchen anthut, die strafe nach sich, dass die kühe rote milch geben, also gerade wie beim **hûsrötheli**, wenn man sein nest stört. Die kinder setzen den goldkäfer gern auf den finger und singen:

„üser frauaküehli
stand ufs stüehli,
flüg ûs,
lueg was ds wetter well."

---

*) Nicht zu übersehen ist, dass in diesem Montavoner märchen die drei hauptgestalten der thiersage auftreten.: der schlaue fuchs, Raginohart (der rathstarke, in zusammengezogener form Reinbart, in verkleinerter niederdeutscher Reineke), dann der könig der thiere, der bär, endlich der kühnste und wildeste unserer waldbewohner, Isengrimm, der wolf.

**) Leonbardi, I. 2. s. 48. — Aehnlich diesem *herrenhenne* sind die namen, die nach Rochholz (s. 544) die Inselschweden dem käfer Siebenpunct beilegen: auf Dagö heisst er *Gës-wallpika*, Jesu hirtenmädchen, auf Worms *Gës-hëna*, Jesubuhn, auf Nukö *Gullhëna*, goldhenne.

Grimm sagt (II. s. 658), dass in Norddeutschland die kinder das Marienkäferchen auf den finger setzen und um die lebensdauer fragen: „wie lange soll ich leben? ein jahr, zwei jahr" u. s. w.

Hält man nun zusammen obige benennung des käfers: gallina del signore, seine rote farbe, die anfrage, die man wegen der lebensdauer an ihn, wie an Donar's heiligen vogel, den kukuk, stellt, ferners die strafe, die auf eine beleidigung desselben ebenso, wie auf das plagen des dem Donar ebenfalls heiligen hûsrötheli folgt und endlich den umstand, dass man ihn die witterung zu prüfen (ob etwa ein regen kommen wolle) aussendet, so kann man wohl mit sicherheit den schönen käfer für einen boten und vertrauten Donar's halten.

Freilich ebenso viele anhaltspuncte hat die ansicht, dass die coccinella septem punctata ehedem der göttin Frouwa, Frôs schwester, der göttin der heitern luft, geheiligt war; und da diese vielfach mit der göttin Frigga zusammenfällt, wurde das thierchen Frigjehönna genannt (Grimm, II. s. 658; Rochholz, s. 92).

Den stattlichen horntragenden schröter, nennt man in Vorarlberg krampfkäfer, und seine hörner werden nach art eines amulets gegen krampf um den hals getragen.

Aus der classe der amphibien gilt eine kleinere schlangenart, die sogenannte ôtara (coluber berus), ahd. natara, theils als gefürchtetes, theils als glückbringendes thier. Ihre abgezogene haut wird häufig als hutband getragen, wohl auch um stöcke gekleidet, gleich wie den stab des Asklepios die schlange umwand. Die ôtara sieht man oft auf wiesen und matten in haufen beieinander, in der mitte des haufens ist die königin und diese ist weiss, hält das haupt herzengerade in die höhe und trägt eine goldkrone; wenn sie ins bad steigt, setzt sie den güldenen kopfschmuck am rande des weihers nieder. Die weisse ôtara ist als königin die stärkste und erzürnt dem menschen die gefährlichste; sie ist im stande wie ein pfeil den feind durchzubohren. Die goldkrone der ôtara macht steinreich, ist aber nur sehr schwer zu erlangen, noch am leichtesten dadurch, dass man schnell ein weisses tüchlein darauf legt.

Auch in Churrhaetien weiss man von ôtara, die zu einsamen kindern kommen und mit ihnen milch aus der schüssel saufen und fast rührend klingt die erzählung, dass einmal eine weisse „krönleôtara" einem mädchen, das ihr jahrelang um jausezeit ein näpfchen milch gegeben, an seinem hochzeitstage ihr krönlein als geschenk zum brautaltar brachte (Vorarlbg. sag. s. 56).

Nicht minder muthet einen eine schlangensage aus Bünden an.

Ein jüngling schwur einmal in kühlem waldesschatten seiner maid ewige treue; da kroch gerade ein schlänglein vorbei und der buhle bekräftigte seinen schwur, indem er sagte: „diese schlange hier soll der versprochenen treue zeuge sein." Doch der jüngling vergass nur zu bald seines schwures und führte eine andere zum altar. Das brautpaar kniete schon am betstuhle, um sich vor dem priester die hände zum bunde zu reichen; plötzlich aber rollte eine grossmächtige schlange durch den kirchengang und mitten durch das erschrockene volk zum altar hin.

„Wie die farben schillern, kämme wogen!
wie sie züngelt, wie die augen glühn!
zum altar in stolzgehobnen bogen
zieht sie durch die stumme menge hin."

Erst bei diesem anblicke erinnert sich der bräutigam des gegebenen schwures und liess nun mit dem ersten lieb sich trauen, und

frei der zeugenpflicht
weilet länger nicht
die geheimnissvolle schlang' am ort.
(Alf. v. Flugi, s. 43).

Statt dem schlänglein im walde erscheint eine **ungeheure schlange**. Das gemahnt an den der schönen Thora geschenkten lyngormr, der immer wuchs bis ihn Ragnar Lodbrock erlegte (Grimm, II. s. 654).

Stehen der schlange flügel zu gebote, so heisst sie **drache** oder **lintwurm**, von dem in Churrhaetien gar mancherlei zu hören ist. Man malt sich die drachen oder lintwürmer aus als ungeheure schlangen mit crocodilenrachen, zwei ungeheuren löwen- oder auch vogelfüssen (adlerklauen), mächtigen fledermausflügeln und einem stachlichen kamm, ähnlich der rückenflosse mancher grösserer fische, welche zu einer förmlichen schutzwaffe gegen raubfische wird. Von diesem ungeheuer berichtet Ulrich Campell († 1782) in seinem ersten buche rhätischer geschichte s. 189*) folgendes: „Das rhätische hochgebirg dient thieren der verschiedensten gattung zum aufenthalt. Unter den schädlichen und wilden nennen wir zuerst den d r a c h e n oder l i n t w u r m, dessen vaterland nach Plinius, Indien und Aethiopien sein soll. Einen lintwurm erlegte S t r u t h a h n v o n W i n k e l r i e d, musste aber von dessen blute besprengt sterben."

Sehr bezeichnend ist, dass der alte ehrliche chronist den Schweizer Unterwaldner helden, der den 9. juli 1386 durch seine todesmuthige aufopferung den sieg der Schweizer über Leopold von Oesterreich bei Sempach entschied, mit einem drachen kämpfen und durch dessen blut zu grunde gehen lässt. Grimm sagt (II. s. 1653): „amt der helden war es, wie die riesen, so die gewissermassen damit identischen drachen auf der welt auszutilgen, Thôrr selbst bekämpfte den ungeheuren midgardsorm, und Siegmund, Siegfried, Beovulf stehen als tapferste drachenüberwinder da; ihnen gesellt sich eine menge anderer, wie sie nach zeit und ort allenthalben aus dem schosse lebensvoller sage erstehen."

Merkwürdiger weise übernahm auch einmal ein z w e r g die rolle eines drachenüberwinders. Es hauste vor zeiten in der gemeinde Sonntag, im obern Walserthale in Vorarlberg, ein fürchterlicher drache, der unter leut und vieh grossen schaden anrichtete. Kein mensch wusste, wie der plage abzukommen wäre. Da kommt auf einmal ein Venedigermännlein (ein trotz seines nobeln der lagunenstadt entlehnten namens nur verkappter germanischer zwerg) und das setzt sich ohne furcht und zagen auf das ungethüm, reitet darauf durch das Lutztobel hinaus und schwenkt unter der Lutz-

---

*) Zwei bücher rhaetischer geschichte nach dem ungedruckten lateinischen manuscripte im auszuge deutsch bearbeitet und mit anmerkungen versehen von Conr. v. Mohr. Chur bei L. Hitz, 1849.

brücke lustig noch sein hütchen, und von der zeit an ward von dem drachen nichts mehr gesehen (Vorarlbg. sag. s. 19).
Im eigentlichen Rhaetien ist es vornehmlich Engadin, wo lintwürmer beobachtet wurden. Lavin gegenüber, im Unterengadin, auf der rechten seite des Inns, öffnet sich das alpenthälchen Zeznina. Im hintergrunde desselben ist ein tiefer see, der die phantasie des volkes vielfach beschäftigte. Es hause in demselben ein entsetzlicher drache, sagte man, und werfe man steine hinein, so bilde sich innert einer stunde ein dichter nebel, aus welchem sich dann starke regenschauer entlüden. Und wie der castalische drache Python aus dem schlamme der deucalionischen fluth erwuchs, so sah noch im vorigen jahrhundert ein Laviner mit eigenen augen, wie der lintwurm mit schrecklichem gebrüll aus dem dunkeln see emportauchte. — Nicht weit von Cellerina im Oberengadin stürzt der den st. Moritzer see verlassende Inn über einen felsen in eine tiefe schlucht und bildet einen wasserfall, der in bezug auf wassermenge zu den grössten und merkwürdigsten der Schweiz gehört. Bei diesem wasserfalle soll nach alter volkssage einst ein drache oder lintwurm gehaust haben. Ein sonst glaubwürdiger, vor wenigen jahren gestorbener mann, Johann Mallet, soll denselben gesehen und vor schrecken erkrankt und gestorben sein (Leonhardi, II. 3. s. 71). — Martin Massol, Ulrich Campell's mütterlicher grossvater, erblickte in der steinwüste am fusse des berges Alpiglias bei Süs einst ein so grosses schreckliches und schlangenartiges thier, dass er sofort davon krank wurde, sein haupthaar gänzlich verlor und die haut an den, dem anblick des unthiers ausgesetzt gewesenen, nicht von kleidern bedeckten stellen seines körpers sich ablöste. Joh. Branca von Guarda soll den kleinen see auf dem genannten berge Alpiglias bei Süs, wo ein drache wohnte, mit hülfe eines beschwörers mit blättern und zweigen überdeckt und dadurch den wurm genöthigt haben, mitten in einem gräulichen unwetter den ort zu verlassen, in folge dessen er den Inn abwärts bis Innsbruck geschwemmt und dort nicht ohne grosse gefahr getödtet wurde (Ulr. Campell, I. s. 189). — Auch im Davoser see liegt ein lintwurm, der zeigt sich allemal vor einem kriege, aber auch nur dann.
— Auf dem gebiete der gemeinde Hohentrins fliesst ein

periodischer bach. Dreimal im frühjahr müsse dieser bach sich zeigen, ehe man den eintritt bleibender frühlingswitterung erhoffen dürfe. Der bach entströmt einem wassersammler im gebirge, und nur dann, wenn dieses wasser sich bewege; dasselbe werde aber allemal von einem in seiner tiefe hausenden drachen so bewegt, dass der bach dem thale zustürzen könne. Endlich will das volk einen drachen auch in dem berge ob Ragaz „schnaufen" gehört haben. Seine behausung hat der drache vielleicht in dem sehr malerisch gelegenen und von den grauen hörnern umkränzten hochsee. — Campell sagt s. 190: „obwohl unser hochgebirge mit ewigem schnee bedeckt ist, hatt dasselbe dennoch viele sonnige felsparthien, höhlen, gegen mittag geöffnet, wo der lintwurm sich gerne aufhält und nach art der schlangen und eidechsen an der sonne liegt".

Im jahr 1696 trieb ein kuhhirt aus dem Plurser gebiet die kühe auf den berg Joppatsch zur weide. Auf dem gipfel des berges sah er in einer tiefen grube eine zusammengewundene bestie, die von den sonnenstrahlen roth aussah. Bald sah er das thier mit aufgerichtetem leibe, ungefähr zwei ellen lang, mit einem etwas zusammengedrückten katzenkopf. Anstatt der füsse hatte es schuppige absätze wie ein fisch, eine zunge wie eine schlange, und einen in zwei theile getheilten schwanz. Erschrocken floh der hirt, aber das thier verfolgte ihn. Der hirt flüchtete sich hinter einen hügel, über welchen der drache nicht kommen konnte; er wand und wälzte sich aber ganz rasend auf dem hügel herum. Indessen greift der mann zu seiner büchse, welche die alphirten oft mit sich zu führen pflegen, und schiesst die bestie mit einer kugel; sie war aber davon nicht todt, sondern verfolgte darauf ihren feind, auf welchen sie wie ein pfeil in einer geraden linie zuschoss. Darauf hat er sie mit steinen todt geworfen. Die anwohner bezeugen, dass man oft solche drachen von dem berg Joppatsch auf den vorüberstehenden Utgeis wie pfeile hinfliegen gesehen (Vernaleken, s. 262).

Im Lischersee soll ein furchtbares ungeheuer wohnen, das zuweilen brülle wie ein ochs und immer ein vorbote schlechten wetters sei; einst soll es in einer stürmischen nacht herausgetreten und in gestalt eines ungeheuren, mit zahllosen starr und schrecklich blickenden augen versehenen **kuhbauchs** die alpe hinabgerollt sein bis zur stelle, wo ein kleiner bach beim dörflein Purtein vorbeifloss, habe dann das bächlein zum weiten tobel aufgerissen, dem jetzigen Purteiner tobel. Lange nachher noch hiess dasselbe **val della stermentusa notte** (tobel der schreckensnacht). Eine ähnliche sage tritt auch zu Filisur auf.

Ein furchtbares in einem see wohnendes ungeheuer, also sicherlich ein drache, **rollt als kuhbauch die alpe herab**.

Auch den höllischen drachen, den teufel, sah man als **mühlstein** vom berge niederrollen, und die schwedische volkssage weiss von mit drachen gewissermassen identischen riesen, die wenn Thors blitz durch die lüfte fährt, aus furcht davor unter manchen gestalten, zumeist als **knäuel** oder **kugeln** vom berge herab auf die wiesen rollen (Grimm, II. s. 952).

Ein trefflich riesiger zug ist, dass der herabrollende argusäugige kuhbauch ein bächlein zu **weitem tobel** aufriss.

Vergleiche mit dieser sage die mythe von der in eine kuh verwandelten **Io** und ihrem allsehenden wächter Argos. Wäre es erlaubt, die Bündnersage wie den griechischen mythus zu deuten, so müsste man sagen, dass der kuhbauch den mond oder die mondgöttin bedeute, sein herabrollen aber den unvermeidlichen kreislauf des mondes, und die zahllosen augen den sternenhimmel anzeigen. — Sollten solche im volke noch gangbare und an griechische mythen anklingende überlieferungen nicht einiges schlaglicht werfen auf den zusammenhang der urbewohner Rhaetiens mit den tyrrhenischen Pelasgern?

Viel mythisches haftet an der **kröte**. Eine kröte soll gefangen werden im **frauadrissnist**, d. i. in dem zeitraume von Maria himmelfahrt bis heilig kreuzerhöhung. Eine während dieser zeit gefangene kröte getödtet und getrocknet wird in ein säckchen gebunden und unter dem namen **schwînig** an einem abmagernden (schwindenden) gliede als heilendes amulet getragen: vor sonnenuntergang sei es aber unmöglich eine kröte vollends zu tödten. Die kröte sitzt auf dem gürtel der Fragsteinerjungfer (s. oben s. 27);

auch als hütherin der schätze tritt sie auf: sie hockt auf dem deckel der geisterhaften schatzkisten (Vorarlbg. sag s. 100, 85). — Auf das abgeschnittene haupthaar, ja selbst auf das haar, das beim kämmen ausgeht, soll man **speien**,*) sonst kommen die kröten, machen ein nest daraus, und der mensch, dem das haar angehörte, bekommt das **hîfallend** (epilepsia). Allgemein verbreitet ist die sage von der dickbauchigen kröte und der dirne, die später geholt wird, um der in wochen liegenden fenggin zu warten (sag. Vorarlbg. s. 6, 6). — Von einem, der viel glück im spiele hat, sagt man: der hot a **krottabê** oder an **krottafuess** im sack.

Einer gewissen achtung und schonung von seite der vorarlbergischen bevölkerung erfreut sich auch das bewegliche und harmlose reptil **eidechse**, im oberlande **hädox**, im unterlande **heggoas** (heckengeiss) genannt. Die heggoas, glaubt das volk in Vorarlberg insgesammt, hat ein gerippe, welches „das ganze leiden und sterben" Jesu Christi, d. h. alle marterwerkzeuge darstellt: hammer, nägel, leiter, kreuz, geisselstock und dornenkrone.

Das kommt nach dem volksglauben daher: als Christus so ganz verlassen am kreuzholze hieng, und alles ihn verliess, soll eine heggoas herbeigekrochen sein, die heiligen blutstropfen mit ihrer zunge aufzulecken.

Zum danke für diese theilnahme hat Christus dem thierle zum ewigen andenken sein ganzes leiden in die gebeine (böaner) hineingelegt. Daher, warnt das volk, soll man das thierchen ja nicht beleidigen, das sei eine sünde (Vernaleken s. 260).

Es war einmal ein seelenguter mann, der's nie über das herz bringen konnte, einem thierchen etwas zu leide zu thun, ohne ursache; besonders gern hatte er aber die **heggoasa**, und es hätte ihm ordentlich wehe gethan, hätte man so ein unschuldiges heggöäsle, das keinem menschen schaden zufügt, vorsätzlich martern wollen. Nun schläft einmal dieser thierfreund auf dem felde unter einem dicken baume ein; da kriecht eine schlange über den weg, sieht den mann schlafen

---

*) *Ausspeien* ist ein altes weitbekanntes sicherungsmittel gegen den einfluss der zauberei (Grimm, II. s. 1056).

und wird gleich bei sich einig, ihn umzubringen. Sie rupft mit dem maul ein fünfblätteriges klee aus dem grase, legt es dem schläfer auf die brust, gerade dorthin, wo er seines zeichens das herz hat, kriecht auf den baum und will von dort herabschiessen auf das kleeblatt und dem armen manne in die andere welt helfen. Drauf huscht ganz verstohlen eine heggoas aus einem busche hervor, nimmt das kleeblatt, legt's daneben auf einen stein, und eilt davon. Mittlerweile kommt die schlange auf den baum, kehrt sich um und sucht mit ihren blicken auf dem manne das grüne blättchen, merkt aber nicht, dass das kleeblatt auf einem stein und nicht mehr auf des mannes brust liege, stürzt mit aller gewalt drauf herab und zerschmettert sich grässlich den kopf (Vorarlbg. sag. s. 56).

2. Bäume und sträucher.

In wie hohem ansehen **wälder** und **bäume** bei den heidnischen Deutschen standen, ist sattsam bekannt. „Einzelnen gottheiten, vielleicht allen, waren haine, in dem hain vermuthlich noch besondere bäume geweiht. Ein solcher hain durfte nicht von profanen betreten, ein solcher baum nicht seines laubes, seiner zweige beraubt und nie umgehauen werden. Auch einzelnen dämonen, elben, wald und hausgeistern sind bäume geheiligt" (Grimm, II, s. 614).

Die vernichtung solcher bäume machte den bekehrern viel zu schaffen, denn trotz alles eiferns gegen deren cultus fuhr das volk fort, denselben zu opfern, lichter unter ihnen anzuzünden, sie zu schmücken, und andern aberglauben zu treiben, und bis heute dauern noch viele dahin gehörende bräuche unter uns fort.

In Montavon wurde in neuester zeit noch alljährlich in der mainacht feuer unter bäumen angezündet, um sie zu beräuchern und dadurch ihre fruchtbarkeit zu sichern.

Im ganzen obern Vorarlberg liebt man es in einzeln auf kirchwegen stehenden mächtigen baumstämmen (eiche, linde, tanne) irgend ein heiligenbild einzuhauen.

Im untern Vorarlberg, namentlich im Bregenzerwalde, wurde ehedem die wahl des landammanns unter bäumen vorgenommen. Im Bregenzerwalde geschah die wahl auf der au bèi Andelsbuch. Die vorgeschlagenen stellten sich einzeln unter bestimmte, alte, ehrwürdige bäume, die wahlmänner rannten auf ein gegebenes zeichen auf diese bäume los, die köpfe wurden dann bei jedem baum gezählt, und der landammann ausgerufen.

Noch jetzt findet sich hie und da im Bregenzerwald eine verehrung für alte bäume, die an aberglauben grenzt. Einzelne familien verrichten unter solchen bäumen ihr abendgebet, andere reserviren sich solche bäume, wenn sie auch sonst hab und gut verkaufen, besuchen sie oft und sind ängstlich bei ihrem absterben um fortpflanzung durch junge stämme und äste bemüht. Ein cult, der wahrscheinlich aus uralter Alemannenzeit herrührt, wie auch der byzantinische schriftsteller Agathias vermuthete. Heilig war besonders die l i n d e, auch die e i c h e (C. W. Schnars: der Bodensee und seine umgebungen, s. 57).

Der schönste deutsche baum, die l i n d e, grünte und blühte der schönsten deutschen göttin Holda. Wir sahen, wie in später zeit noch hexen (das holdische heer) unter der l i n d e a u f d e m p l a t z z u V a d u z ihren reigen tanzten (siehe oben s. 92).

Von einer h e i l i g e n t a n n e in Graubünden berichtet Ulrich Campell (I. s. 74). „Unweit Scanfs folgt am Inn eine dem heiligen Georg geweihte capelle mit ziemlich weitläufigem, dazu gehörigem gute und einer wohnung, welche früher der geistliche mit seinen leuten bewohnte. Eine h o h e t a n n e dahier war dem nämlichen heiligen geweiht und zugleich mit dem in der capelle befindlichen bilde ein gegenstand grosser verehrung, zumal an den processionen, die jährlich dreimal, besonders am tage des heiligen, unter ungeheurem zudrange mit fahnen und crucifixen stattfanden. Nach der reformation wurden die güter der capelle unter das volk vertheilt, die wohnhäuser verlassen und damit sie räubern und dieben nicht zum schlupfwinkel dienen möchten, zuletzt ganz niedergerissen. Die tanne wurde umgehauen, die bilder herausgeworfen und die kirche von ihrem dienst gereinigt, auch von nun an jährlich dreimal durch den pfarrer von Zutz allda reformirter gottesdienst gehalten. Aber leider hören die leute das wort des wahren Gottes nicht mit dem nämlichen eifer an, mit welchem sie einst jene saturnalien und lupercalien besuchten."

In Oberengadin, zwischen Bevers und Ponte brechen am palmsonntage in der früh knaben und mädchen von der S a h l w e i d e (salix praecox) zweiglein, an denen so viele kätzchen sitzen, als sie jahre zählen, und stecken sie in ein brödchen, das in der charwoche gebacken wird. Werden die kätzchen schwarz, so bedeutet es tod im laufenden jahre, werden sie dagegen nur schön braun, so bedeutet es frisches leben. Diese weiden mit den kätzchen heissen in der Engadinersprache O l i v a s und der palmsonntag wird D o m e n g i a d e l l a s O l i v a s genannt (Leonhardi, II. 3. s. 75).

Also die in brod eingebackenen kätzchen der w e i d e frägt man um glück oder unglück, um l e b e n oder t o d im laufenden jahre. Mich will es dünken, als ob die w e i d e in naher beziehung stehe zu jenen halbgöttlichen, klugen, weisen frauen I d i s i, deren amt es ist, menschen heil oder unheil, sieg oder tod anzusagen und zu verkünden. Ich werde bestärkt in dieser ansicht dadurch, dass in mehreren reimen von den d r e i m a r e i e n (d. i. die dem menschen bei seiner geburt den schicksalsfaden spinnenden nornen unserer nordischen mythe) das unglücksspinnen durch das d r e h e n d e r w e i d e ausgedrückt wird; so z. b.

„die ein spinnt seide,
die ander s p i n n t w e i d e" u. s. f.

oder: „eins spinnt seiden,
eins w i c k e l t w e i d e n" u. s. f.

oder: „die erst spinnt sîde,
die ander d r a i t g o l d w î d e n" u. s. f.

Dass dieses w e i d e n d r e h e n ein spinnen des unglückes sei, lässt ein aberglauben errathen, an dem man im Aargau festhält. Im Aargau löst man diejenigen knoten sorgfältig auf, die man an den rüthen einer dem wohnhause zunächst stehenden weide gewahrt, auch das weidenband einer jeden strohgarbe, die man im stall streuen will, wird erlesen und aus gleichem grunde nicht mitgestreut. Es könnte ein hexenschaden mit darein „verknüpft" sein. Nach hessischem glauben können hexen jemand tödten, indem sie einen knoten in weiden schlingen (Rochholz, s. 144—147).

Die weide ist gut gegen zahnschmerz. „Litze also an einer sahle (salix = weide) etwas die rinde herunter, dann nimm vom holze einen „sprîssa", störe mit demselben in dem schmerzenden zahn, bis er blutig wird, thue es dann wieder an die staude, wo du es hinweg hast, schlage die rinde wieder darüber und verbinde sie, und das zahnweh hört dir auf."

Von der „Hasla", der frau Hasel des spätern mittelalters, weisss man folgendes:

Neunerlei holz *) vor tagesanbruch abgeschnitten, in ein säckchen gebunden und als amulet getragen, ist „a guete schwinig" **) bei mensch und vieh; aber da ist es vor allem das holz der hasel, das in dieser „schwînig", soll anders ihre wirkung erzielt werden, nicht fehlen darf.

Ebenso wenig dürfen in dem „palma", den man am palmsonntag vom priester weihen lässt, um ihn im sommer bei

---

*) Mit neunerlei holz entzündete man auch, wenn seuchen drohten, oder gar einbrachen, dem gott der herden feuer an. — Die dem milden Frô, heilige *neunzahl* wird auch in dem aberglauben angetroffen, dass trübes wasser rein werde, wenn es über *neun* steine geflossen ist, und in dem räthsel: es laufen *nü* schwöstera anander nô und kène kâ die ander öberkô = die neun speichen des rades. Das *neunspeichige rad*, das bild der sonne, ist ebenfalls Frôs heiliges symbol. Endlich von Frôs heiligem thiere, dem schweine, sagt man: es gond *nüne* dur's wasser und würd nu ês nass = die mit acht ferkeln trächtige sau.

**) d. i. ein gutes mittel gegen das „schwînen", schwinden, abmagern eines gliedes. Dieses schwînen wird mit recht sehr gefürchtet, daher man von jeher auf mittel gegen dasselbe bedacht war. Eine bewährte schwînig für mensch und vieh ist folgende: „also nimm dem thier ab allen klauen, also sechzehn stück musst du haben, und dem menschen ab allen nägeln an händ und füss, dann thu es in ein wachsbares holz oder unter die wurz verbergen, hernach sprich folgendes: hast du die schwîne in deinen gebeinen zwüschen haut und fleisch, das helf dir Gott der vater und der sohn und der hl. geist; so wenig schwîne als Gott der vater geschwînet, so wenig als Gott der sohn geschwînet, so wenig als Gott der hl. geist geschwînet, die hl. dreifaltigkeit hat auch nicht geschwînet."

nahendem ungewitter anzuzünden und dadurch schaden von haus und hof abzuwenden, **haselzweige** fehlen.

Wenn eine haselruthe mit ihrer spitze sich zur erde neigt, so zeigt das einen daselbst verborgenen schatz an.

Mit einer haselruthe, die die gestalt einer gabel hat, gegen sonnenaufgang gewachsen ist und von einem im zeichen der wage gebornen gebrochen wurde, kann man schätze und erzadern entdecken.

Ein alter Schierser erzählte: „einst hütete ich als knabe und schlief in der mittagszeit unter einer **weisshaselstaude**. Als ich erwachte sah ich eine masse goldes neben mir sich im sonnenscheine spiegeln. Ich eilte nach den nächsten wohnungen um einen sack und fand, als ich zur haselstaude zurückgekehrt war, nichts mehr: ich hatte versäumt ein kleidungsstück auf das gold zu werfen."

Aber nicht nur um schätze zu finden, dient die hasel, sie ist auch eine sichere schutzwehr gegen schlangen und giftiges gewürm. Ich hörte ein altes mütterchen sagen: „würkli ist an grüena haslzwîg gegan ôtara und krüchigs züg scho vo gär uralta zîta her näman allawîl die sicherst wehr" und als grund für diese wundersame kraft der hasel fügte es die legende bei: als die mutter gottes für ihr liebes heiliges knäblein einmal erdbeeren sammelte, wurde sie auf einmal von einer schlange aufgeschreckt und verfolgt. Unsere liebe frau wusste sich nicht anders zu helfen, als dass sie einen haselzweig brach und damit der schlange einen streich versetzte, worauf dieselbe pfeilgeschwind davonschoss. Die gerettete sprach dann gnädig:

„wia dia stûda hüt min schutz ist gsî,
söll sie 's ô de lüt in zuekunft sî."
(Vgl Vorarlbg. sag. s. 54; Vernaleken, s. 299).

Ein baum von altheidnisch mythischer bedeutung ist auch der „**Holder**" (sambucus nigra). In Vorarlberg hört man den ausdruck „**a holdera**", eine holderstaude, und man misst ihr daselbst eine wundersame kraft bei. So genügt es, um den heftigsten zahnschmerz zu stillen, wenn man den mittelsten wipfel einer holderstaude herunterbiegt. Ein **haselstöckchen** mit einem zweige vom **hollunderbau-**

me in ein **kreuz** geformt, schützt vor dem einflusse des Wütenheeres. Solche kreuze pflegte man in Montavon in den „palma" zu stecken, um sie vom priester weihen zu lassen — seltsame mischung heidnischen elementes mit christlichem! — Die „holdera" spielt auch eine rolle in der thierheilkunde; mittelst einer „holdera" gelingt es nämlich die „tschütalüs"*) vom vieh zu vertreiben, selbst wenn das stück entfernt ist: „die farb musst du wissen von dem vieh, hernach geh du zu einer holderstaud am abend, wann die sonne hindergeht und stelle dich gegen niedergang der sonne und brich von der holderstaud drei schössle ab und in dem namen und verwahrung für das thier, wo du helfen verlangst; hernach binde sie zusammen und dann henks in das kamin oder sonst wol an rauch; so geschwind die schoss dürr werden, so werden die tschütalüs wege sein."

Seidelbast, daphne mezereum, heisst in Vorarlberg zielant, des kriegsgottes Zio heilige pflanze. Es wurde erwähnt, das der zielant den zauber des wiesels breche. Man pflegt im Vorarlberger oberlande öfters einen seidelbast-strauch in den keller zu setzen, damit die daselbst aufbewahrte milch ja immer scheide. In dem „osterpalma" soll zielant, der früh im frühlinge schon äusserst wohlriechende rosenrothe blüten treibt, nicht fehlen.**)

Der **wachholderstrauch** gilt als bild des lebens und der verjüngung, daher er auch **quickholder** und **reck-** und **weckholder** heisst. Um sich von den lästigen hühneraugen zu befreien, darf man nur eine weile auf einen wachholderstrauch stehen.

Die frucht des **hagebuttenstrauchs**, die Donar's farbe trägt, ist schutzmittel gegen blitz und ungewitter. In dem vormals romanischen thale Montavon wird die hagebutte oder hanbutte „phrôsla" genannt. (Das volksräthsel sagt von der hagebutte: es hat a schwarz hüetli ûf, a rôts mäntele â,

---

*) *tschütalüs* sind flechten, herpes. Dieses sonderbare wort scheint mir der plural von *sittarlûs*, das Grimm (II. s. 1112) in der bedeutung impetigo anführt. Man sagt: die tschütalüs „brechen", d. i. heilen.

*) Im osterpalma soll von rechtswegen neben zielant und hasel (siehe s. 127) auch reisig der *weisstanne* sein.

stui im bûch und an stil im heandera, oder: a rôts röckle,
a schwarzes köpfle, nu ê bê, und de bûch voll stê).

3. Kräuter und blumen.

Die weihnachtsrose von Puschlav. Am weihnachtsabende versammeln sich freundinnen und nachbarinnen in irgend einem hause. In der wohnstube wird der tisch mit der schönsten decke, die sich vorfindet geschmückt. Mit feierlicher, ernster miene stellt dann die hausfrau mehrere brennende lichter auf den tisch und in deren mitte ein mit wasser angefülltes schönes gefäss. Darin legt man hierauf ein ding, das wie eine dürre, mit einigen feinen fasern versehene blumenzwiebel aussieht. Sodann fängt die um den tisch versammelte gesellschaft an, psalmen und geistliche lieder, besonders weihnachtshymnen, zu singen. Von zeit zu zeit stehen die andächtigen sängerinnen auf und schauen in das gefäss hinein. Wenn schon die eine und die andere stimme vom langen singen etwas heiser geworden ist, nehmen die durch das wasser aufgeweichten fasern des mysteriösen gewächses im gefässe die gestalt von länglichten blättern an und bilden eine art von blumenkelch. Dann sagt man: die weihnachtsrose hat sich geöffnet. Freudig wird noch ein lied angestimmt und gesungen. Es ist gewöhnlich mitternacht, wenn die weihnachtsrose sich öffnet, und vom thurme der st. Victorskirche tönt weithin das feierliche geläute, welches die gläubigen an die gnadenreiche geburt des welterlösers erinnert.

Diese sitte soll uralt sein. Man nennt sie: „der weihnachtsrose wachen" (vegliare alla rosa del santo natale). Es sind nur drei oder vier solcher sonderbaren wurzeln oder zwiebeln vorhanden. Man gibt vor, dass sie aus fernen, fernen ländern herstammen (Leonhardi, III. I. s. 8).

Rosmarin war die heilige pflanze Frôs, des gottes des friedens und der fruchtbarkeit, aber auch heilige pflanze Holda's, der schirmerin der liebenden, der segnerin der ehen. Heute noch sendet gerne der liebhaber in Vorarlberg seinem herzlieb ein rosmarinsträusschen mit dem reime:

„i lô di grüessa dur na stîfle rosmari,
i möcht a wîle bei der sî."

Aus rosmarin flicht die braut den „hostigschäppel" (brautkranz); nach der trauung setzt sie denselben in die erde, und „verpasst" (verwelkt) er, so ist's ein schlechtes zeichen, aber ein gutes und glückliches, wenn er von neuem ausschlägt, frisch ergrünt und zum stattlichen „maiastock" heranwächst. Die junge ehefrau bricht dann gerne alle sonntag ein „stîfle" davon ab, um es hinter dem „brîsnestel" vor den busen zu stecken.

Frô war als gott der zeugung auch ein gott' der wiedergeburt zu neuem leben, desshalb schmückt man mit seiner heiligen pflanze, dem rosmarin, in Vorarlberg und Liechtenstein, die kreuze auf den friedhöfen.

Klee bringt glück, zumal ist der ein glückskind, der ein **fünfblätteriges kleeblatt** findet, aber kein „bläckle" darf einen riss, oder ein loch haben, sonst sagt man: „das glück ist ausgefallen". Eines fünfblätterigen klees bediente sich auch die schlange, die den schlafenden thierfreund zu morden beabsichtigte (siehe oben s. 123).

Wie myosotis zu ihrem imperativischen namen **Vergissmeinnicht** kam, erzählt eine legende aus dem Vorarlberger unterlande:

Als Gott der herr den blumen auf der ganzen welt die namen gegeben hatte, behielten ihn alle sehr wohl im andenken. Ein blümchen aber hatte ihn vergessen, und konnte ihn bei keiner von den andern blumen mehr erfragen. Endlich musste es, obwohl es sich scheute, wieder zurück zu Gott, um zu fragen, wie es heisse. Und als es kam, hub der herr den finger auf und sagte zum verschämten blümchen nur die drei worte: vergiss mein nicht! Darauf ist es weggegangen und hat bis auf den heutigen tag den namen behalten (Vernaleken, s. 293).

Nach einem kräuterbuch im Praetigäu aus dem 16. jh. heisst Anagallis „Gauchheil" und vertreibt im eingange des vorhofes aufgehängt, allerlei gauch und gespenst. Der kukuk heisst in diesem buche stets „gukgauch".

Hypericum perforat. (im Praetigäu st. Johannskraut) wird in dem nämlichen buche als „fuga daemonum" bezeichnet, und vertreibt alle gespenster.

Raute und Wermut schützen, wie wir beim nachtvolke hörten, vor der rache der zürnenden Berchta. Der rauch von rautenkraut vertreibt das wiesel.

Paris quadrifolia, in Praetigäu „kreuzlikraut", schützt gegen das „vergüten" von wunden. Eine wunde „vergüten" heisst eine wunde überhaupt verderben, besonders sie zu schlechter eiterung bringen; wenn eine wunde, die bisher einen gutartigen eiter absonderte, in folge schädlicher einflüsse einen schlechten (destructiven) eiter erzeugt, so sagt der bauer im Praetigäu: „ich hän sie vergüet"; er fürchtet auch wohlweislich das „vergüten" und legt daher gerne zu einer eiternden wunde als vermeintliches schutzmittel „kreuzlikraut". In Montavon sagt man ganz in dem sinne von vergüten „vermüiha", also eine wunde zu schlechter eiterung bringen, gibt man durch: „a wunda vermüiha". Als sicherungsmittel legt man in den verband der wunde ein stück ostrenza-wurzel. Den begriff von vergüten und vermüiha hat auch das vorarlbergische vertaua, daher das adjectiv tauig. Als tauig für eine wunde gilt besonders der schweinstall, überhaupt die nähe des schweines.

Artemisia, in Vorarlberg „johanniskraut". Aus demselben wird ein kreuz gebildet, dieses kreuz mit einem ring, auch aus johanniskraut, umgeben, und über die hausthüre geheftet. Diese zier heisst „johannisschäppel" und schützt das haus vor gefahren.

Valeriana sylv. heisst im Praetigäu mundartlich dammargen, und nach dem erwähnten kräuterbuche gar dennenmark. — Valeriana celtica führt in Montavon den mythischen namen „wildfräulekrut".

Zu Tschagguns, in Montavon, ist's in manchen häusern noch sitte, in der heiligen nacht zwölf zwiebelschalen der reihe nach auf den tisch zu stellen. Diese zwölf zwiebelschalen bedeuten die zwölf monate des kommenden jahres, und man legt daher zu jeder schale den namen eines monats auf einem zettelchen. Dann streut man in jede schale gleichviel salz, und je mehr oder weniger feucht das salz in einer schale wird, desto mehr oder weniger feucht wird auch der betreffende monat sein. — In Saas glaubt man, eine ganze meerzwiebel vor ein haus aufgehängt, bewahre es vor allen gespenstern und jeglicher zauberei.

Knoblauch. Wenn zwei in einem bette schlafen, wovon der eine knoblauch geniesst, der andere nicht, so wird letzterer nach und nach in siechthum verfallen und sterben.

Die furchtbare pest im j. 1611 brach auch in Churrhaetien ein. Man nannte sie den **grossen** oder **schwarzen tod**; bis hinauf in die hohen thäler Graubündens würgte die hand des schwarzen todes. Eines abends erscholl in den lüften der vernehmliche ruf:

„esset knoblauch und bibernelle,
dann sterbet ihr nicht so schnelle."*)

Knoblauch äussert also in Churrhaetien ganz dieselbe wirkung, wie ehedem die **eberwurz**. Sobald man diese zur zeit Karl des grossen ärztlich anwandte, wich die pest, die dazumal herrschte. Wenn man eberwurz einem weib oder mann in der ehe, ohne dass sie es merkten, anhängte, so musste der andere theil abzehren und sterben (Grimm, II. s. 1234). **Eberwurz** und **bibernel** empfahl auch ein fänkenmannli als heilmittel gegen die pest.

Schnittlauch muss gebettelt werden, damit er gedeihe.**)

Unter den **wurzeln** ist es die erwähnte **ostrenzawurzel** und **eberwurz**, denen der bauer eine gewisse achtung zollt. Im grössten ansehen aber steht die **allermannsharnischwurzel**; sie vertritt in einigen gegenden Churrhaetiens die stelle der berühmtesten aller wurzeln des germanischen alterthums, des alrauns. Allermannsharnisch, supercilium Veneris, wird ganz besonders im thale Montavon

---

*) Vgl. v. Alpenburg s. 345 u. 346: „die grosse sterb. Tod und todin." Zu Zirl erscholl bei einer herrschenden pest die stimme:
„Kranawittbeer und Bibernell:
So eilt der tod nit so schnell."

**) Noch ein anderer aberglaube sagt, dass *gebettelte* waare gute dienste leistet. Eine eiterung in der hohlhandfläche (panaritium) heisst in Montavon mundartlich *grieggla*. Um diese so schmerzhafte grieggla zu vertreiben, ist nun nichts besser, als *käs und brot zu betteln* und zu einem brei gekocht auf die schmerzende stelle aufzulegen.

hoch in ehren gehalten; sie hat nach dortigem glauben menschliche gestalt und man unterscheidet männliche und weibliche wurzeln. Ueber das hausthor genagelt, schützt sie haus und hof vor schaden jeglicher art. Sie stillt blutungen, besonders mutterblutflüsse, schnell und sicher. Kreissenden frauen gibt man sie zur erleichterung der geburtswehen in die hand. Gegraben muss sie werden im frauadrîssnist. — Im Praetigäu wird die allermannsharnischwurzel häufig in verbindung mit dem „blutstrich" (pentagramm) an dem überthürner (überschwelle) der ställe zur sicherung des viehes gegen das doggi und den „düster" angebracht. *)

Auch an die pflanzengruppe der farn hängt sich ein aberglaube.

Mit dem saamen des waldfarnkrautes (filix mas) kann man sich unsichtbar machen. Er reift aber nur in der st. Johannsnacht von eilf bis zwölf uhr, fällt dann gleich ab und ist verschwunden.**) Es ist also nur diese

---

*) Dieser Praetigäuische *düster* ist wohl der *türse, türste,* satyr, wichtel, anderer gegenden, der *dürst,* d. i. der wilde jäger der innern Schweiz (vgl. Grimm, I. s. 488). Der dürst gilt im Praetigäu als der gefährliche feind der kleinen hausthiere, hennen, lämmer, zicklein. Er trägt von seiner liebhaberei für hennen insbesondere den namen „hennenteufel". Wie ein *knäuel garn* kugelt sich das unheimliche ding in die stube hinein, worauf dann das federvieh ein entsetzliches geschrei erhebt.

**) Die st. Johannsnacht und der st. Johannstag (24. juni) sind von hoher bedeutung.

Ein bad in der st. Johannsnacht genommen, ersetzt eine ganze cur von drei bis vier wochen. Solche heilkräftige bäder in der mittsommernacht werden alljährlich noch von „altfränkischen" leuten im bade Schönau zu Tschagguns genommen.

Am tage Johannis aber soll man ja nicht baden, um nicht zu ertrinken (Liechtenstein)

Der aus Artemisia (Beifuss) geflochtene „schäppel" (s. oben s. 131) wird in der regel am st. Johannstag über die hausthüre geheftet, und führt wohl desshalb den namen „Johannsschäppel". Im Praetigäu heisst der Beifuss „st. Johannsgürtel"; am st. Johannstag gürtete man sich damit, warf ihn darnach in das Johannsfeuer unter hersagung etlicher sprüche und reime.

Von nicht minder hoher bedeutung ist der tag Johannes des evangelisten (27. christmonat). Dann wird in vielen kirchen Vorarlberg's und Liechtenstein's wein geweiht und vom priester der andächtigen menge zu trinken gereicht. Dieser am Johannistag gestunde in der mitsommernacht die zeit, wo man den farnsaamen holen kann. Gewöhnliches papier aber, oder eine gewöhnliche schürze nur, die man um den saamen aufzufangen, unterlegt, wird durchgefressen, und man soll daher ein ge-

---

weihte wein heisst „st. Johannssege" und man sagt ganz noch wie im mittelalter: „de st. Johannssege trinke".

Was also Grimm (I. s. 55) vermuthet, wenn er sagt: „wahrscheinlich dauert das minnetrinken selbst als kirchlicher gebrauch noch heute in einigen gegenden Deutschlands", bestätigt sich.

Der frommen legende zufolge soll Johannes vergifteten wein ohne schaden getrunken haben, der ihm geheiligte trunk wiederum alle gefahr der vergiftung abwenden. Man liebt es daher in Vorarlberg, mit st. Johannssegen den im keller schon längere zeit gelagerten wein aufzufrischen, um ihn rein und gesund zu erhalten, unter hersagen der formel:

„am Johannessege
ist alles glege."

Ein rituale der Constanzer diocoese vom j. 1781 gibt dem priester beim weihen des Johannissegen folgende instruction:

Sacerdos juxta historiam de s. Joanne Evangelista toxicatum poculum benedicente ac bibente, benedicturus vina, alba, vel superpelliceo, et stola albi coloris indutus, stans in cornu epistolae, vino extra dictum cornu juxta se in mensa posito, et vasis apertis dicat:

Nos te Deum in auxilium nostrum invocamus, cujus audito nomine serpens conquiescit, draco fugit, vipera silet, et subdola ista, quae dicitur rana inquieta, torpescit, scorpio extinguitur, regulus vincitur, squalongus nihil noxium operatur, et omnia venenata, et adhuc fortiora animalia noxia terrentur. Tu, Domine, extingue omnes diabolicas fraudes, et omnes humano generi adversantes nequitias, et hunc liquorem vini, per intercessiomem sancti Joannis Evangelistae, tua virtute bene † dicito; et omnes ex eo gustantes ab omni malo custodias, et ad regnum gloriae tuae perducas.

Deus, cujus potestate Joannes Evangelista venenosi potus digessit toxicum, bene † dicere dignare hanc creaturam vini, ut omnes ex eo gustantes, expulso toto genere nocivo, infuso tuae bene † dictionis mysterio, in animo et corpore mereantur misericorditer exhilarari.

Denique vinum in vase mundo (non calice) porrigens populo ad bibendum dicat:

Bibe *amorem* (minne) sancti Joannis in nomine patris, et filii, et spiritus sancti.

Dieses Johannissegen trinken reicht in heidnisches alterthum zurück.

Wie die Christen heute zu ehren des heiligen Johannes minne (amorem) trinken, so liessen auch die Heiden die götter den feierlichen trank mitgeniessen. Aus dem gefäss pflegte der trinkende, ehe er selbst genoss, etwas für den gott oder hausgeist hineinzugiessen (Grimm, I. s. 52).

weihtes kelchtüchlein unterbreiten. Waldfarnkraut verhindert nach dem glauben der Praetigäuer die empfängniss, tödtet die frucht im leibe, tödtet wanzen, vertreibt nattern, verscheucht auch den rauch und soll darum dem vieh untergestreut werden.

Unter den moosen endlich ist es das rennthiermoos, von dem man in unserer gegend zu erzählen weiss.

Das rennthiermoos (lichen rangiferinus L) wird in dem ehemals romanischen thale Montavon „massigga" genannt. Es bildet bekanntlich dichte rasen, welche aus einem meist aufrechten, unregelmässig geschlitzten, oben graugrünen oder bräunlichen, unterseits weisslichen laube von lederartiger etwas knorpeliger substanz besteht, stundenweit das gebirge überzieht und die viehweiden verderblich überwuchert.

Nach einer sehr gangbaren Montavoner-mythe war aber das aussehen der massigga in uralter zeit ein ganz anderes; da war sie saftig und grün und gab den kühen auf den alpen so reichliches futter, dass einmal eine sennerin des unaufhörlichen melkens und butterns müde den fluch that:

„massigga massê
sei verflucht und grüne
im winter unter dem schnee!"

Seit dieser zeit ist die massigga so borstig und hart.

Die hochalpenbewohner Tirols nennen nach ritter von Alpenburg (s. 408) das rennthiermoos „Rispail-Rispail". Das war einmal auch eine vortreffliche kuhnahrung. Als aber melcher und almleute vielerlei frevel trieben mit diesem milchgebenden moose, donnerte Gott der herr hinab auf die Tiroler alpen:

„Rispail-Rispail
nimma grüen
im summa dürr
im winta blühn!"

Nach diesem fluche ward das schöne grün der pflanze in blasse steinfarbe verwandelt, sie selbst verlor allen nahrungsstoff und blüht nun im winter unter dem schnee. Im sommer scheint das moos völlig ausgedorrt. Kein thier frisst davon, höchstens eine leckermaulige vorwitzige geiss, und zu nichts ist es zu gebrauchen.

Auch auf den alpen des hohen Calanda in Graubünden grünte in alter zeit das rennthiermoos unter dem namen „Zyprion" und gab neben den bekannten milchkräutern „muttern und ritz"*) die beste viehnahrung; dreimal des tages musste man die kühe melken. Da that eine sennerin einmal den fluch:

„ach melken, melken immerfort!
o wärt ihr kräuter längst verdorrt,
die überall ihr spriesset
von milch so überfliesset:
verflucht sei zyprion, muttern, ritz,
vom Rhein bis auf die höchste spitz."

Ein senner, der diesen fluch gehört, entgegnete schnell:

„behüt mir Gott muttern und ritz
vom Rhein bis auf die höchste spitz."

Doch weil der senner in der hast den zyprion vergessen, sind seit dem die grünen saftigen zyprion-weiden des hohen Calanda all' verblasst.

„Noch sieht auf mancher alpe dort
ein falbes kraut man stehn;
als wärs vom winterfrost gedorrt
ist's aussen anzusehn;
doch strömet, wenn entzwei man's bricht,
hervor die milch ganz weiss und dicht,
die still und heimlich drinnen
in dürrer hüll' muss rinnen,
und keine kuh frisst je davon:
und dieses kraut heisst cyprion."

(Alf. v. Flugi's: volkssag. aus Graubünden, s. 131).

In etwas anderer fassung erzählt diese sage Vernaleken auf s. 22 und s. 54; auf letzterer seite ist es aber nicht lichen, sondern althaea offic., von der der reim sagt:

---

*) *meum mutellina* und *luzula spadicea*.

„althe, althe wachs nima mê,
as im wintor untorom schnee."

(Aus dem Bregenzerwalde).

Nach s. 22 lautet die sage: Vor zeiten war Cyprian in den Graubündner alpen ein saftiges, milchreiches kraut, welches die kühe gern frassen, und in alpen, wo es reichlich vorhanden war, gaben die kühe so viel milch, dass man sie dreimal ım tage melken musste.

Da klopfte einmal ein weib müde und durstig an einer sennhütte an und bat um einen trunk milch. Der senn aber, ein hartherziger und böser mann, weigerte sich, ihr auch nur einen tropfen zu reichen, und als sie mit bitten in ihn drang, wies er sie aus der hütte und schlug scheltend und fluchend die thüre binter ihr zu. Das weib sank draussen auf einen stein nieder, zu schwach, um ihren weg weiter fortzusetzen und rief die rache des himmels an, er möge alle kräuter, Cyprian, gras, laub, überhaupt alles was grün ist und milch gibt, auf spitzen und bergen verdorren lassen. Da rief eine stimme von oben:

„den Cyprian, den will,'der lan,
laub und gras, das loss mer stan."

So blieben laub und gras und alle andern kräuter bewahrt, aber der üppige Cyprian schmurrte von stund an zu einem dürren, saftlosen moos zusammen, das die kühe nicht anrühren. Noch sieht man am Cyprian deutlich die weissen adern, welche ehemals milch enthielten, sie sind aber vertrocknet und fliessen nicht mehr.